共和国故事

龟蛇锁江

——武汉长江大桥施工建设

王泽坤 编写

吉林出版集团股份有限公司

图书在版编目（CIP）数据

龟蛇锁江：武汉长江大桥施工建设/王泽坤编. —

长春：吉林出版集团股份有限公司，2009.12

（共和国故事）

ISBN 978-7-5463-1762-5

Ⅰ. ①龟… Ⅱ. ①王… Ⅲ. ①纪实文学－中国－当代 Ⅳ. ①I25

中国版本图书馆CIP数据核字（2009）第237713号

龟蛇锁江——武汉长江大桥施工建设
GUI SHE SUO JIANG　　WUHAN CHANG JIANG DAQIAO SHIGONG JIANSHE

编写　王泽坤	
责任编辑　祖航　黄群	
出版发行　吉林出版集团股份有限公司	
印刷　三河市嵩川印刷有限公司	
版次　2010年1月第1版	2022年1月第11次印刷
开本　710mm×1000mm　1/16	印张　8　字数　69千
书号　ISBN 978-7-5463-1762-5	定价　29.80元
社址　吉林省长春市福祉大路5788号	
电话　0431－81629968	
电子邮箱　tuzi8818@126.com	
版权所有　翻印必究	
如有印装质量问题，请寄本社退换	

前　言

自1949年10月1日中华人民共和国成立至今,新中国已走过了60年的风雨历程。历史是一面镜子,我们可以从多视角、多侧面对其进行解读。然而有一点是可以肯定的,那就是,半个多世纪以来,在中国共产党的领导下,中国的政治、经济、军事、外交、文化、教育、科技、社会、民生等领域,都发生了深刻的变化,中国人民站起来了,中华民族已屹立于世界民族之林。

60年是短暂的,但这60年带给中国的却是极不平凡的。60年的神州大地经历了沧桑巨变。从开国大典到60年国庆盛典,从经济战线上的三大战役到经济总量居世界第三位,从对农业、手工业、资本主义工商业的三大改造到社会主义市场经济体制的基本确立,从宜将剩勇追穷寇到建立了强大的国防军,从废除一切不平等条约到独立自主的和平外交政策,从"双百"方针到体制改革后的文化事业欣欣向荣,从扫除文盲到实施科教兴国战略建设新型国家,从翻身解放到实现小康社会,凡此种种,中国人民在每个领域无不留下发展的足迹,写就不朽的诗篇。

60年的时间在历史的长河中可谓沧海一粟。其间究竟发生了些什么,怎样发生的,过程怎样,结果如何,却非人人都清楚知道的。对此,亲身经历者或可鲜活如昨,但对后来者来说却可能只是一个概念,对某段历史的记忆影像或不存在,或是模糊的。基于此,为了让年轻人,特别是青少年永远铭记共和国这段不朽的历史,我们推出了这套《共和国故事》。

《共和国故事》虽为故事,但却与戏说无关,我们不过是想借助通俗、富于感染力的文字记录这段历史。在丛书的谋篇布局上,我们尽量选取各个时代具有代表性或深具普遍意义的若干事件加以叙述,使其能反映共和国发展的全景和脉络。为了使题目的设置不至于因大而空,我们着眼于每一重大历史事件的缘起、过程、结局、时间、地点、人物等,抓住点滴和些许小事,力求通透。

历史是复杂的,事态的发展因素也是多方面的。由于叙述者的视角、文化构成不同,对事件的认知或有不足,但这不会影响我们对整个历史事件的判断和思考,至于它能否清晰地表达出我们编辑这套书的本意,那只能交给读者去评判了。

这套丛书可谓是一部书写红色记忆的读物,它对于了解共和国的历史、中国共产党的英明领导和中国人民的伟大实践都是不可或缺的。同时,这套丛书又是一套普及性读物,既针对重点阅读人群,也适宜在全民中推广。相信它必将在我国开展的全民阅读活动中发挥大的作用,成为装备中小学图书馆、农家书屋、社区书屋、机关及企事业单位职工图书室、连队图书室等的重点选择对象。

编　者
2010 年 1 月

目录

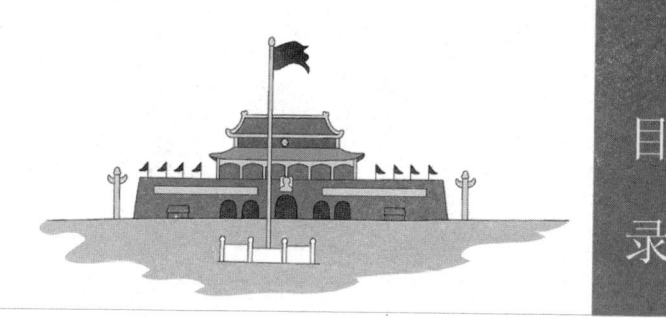

一、规划设计

筹建武汉长江大桥/002

鉴定小组设计规模/006

毛泽东踏勘大桥桥址/009

周恩来组建工程局/012

钻探队评查桥址地质/014

国务院批准设计方案/017

茅以升负责技术工作/019

二、开工建设

建成汉水铁路桥/022

建成汉水公路桥/025

青年突击组架设钢梁/027

建桥工人激战大风暴/033

姑娘们奋战在工地上/041

苏联专家言传身教/050

西林说要把根扎在中国/055

卡尔宾斯基帮助施工/058

三、攻坚战险

取消压气沉箱法/068

目录

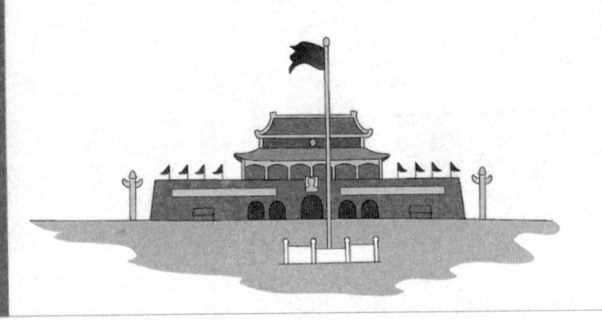

试验成功管柱钻孔法/071

管柱基础桥墩诞生/074

潜水工完成水下切割/077

抢险保住七号桥墩/084

毛泽东关心大桥建设/091

四、胜利竣工

举行大桥通车典礼/096

第一列火车驶过大桥/101

《湖北日报》的报道/105

郭沫若为大桥作诗/109

大桥建成的伟大意义/111

驻扎专门守桥部队/115

大桥构成周围景点群/117

一、规划设计

- 在浩瀚的长江上架起一座贯通南北的大桥，变"天堑"为通途，是我国人民的夙愿。

- 1953年7月，经中央人民政府批准，铁道部组织了以彭敏为组长，共9人组成的武汉长江大桥初步设计赴苏联鉴定小组。

- 1955年7月18日，国务院批准了武汉长江大桥的技术设计方案，同时批准了施工进度和总预算。

筹建武汉长江大桥

1950年初，中央人民政府指令铁道部在武汉组织筹划修建万里长江第一桥，即武汉长江大桥。

1950年2月，铁道部先期组成以铁道部设计局副局长梅旸春任队长的测量钻探队赴武汉，在苏联专家的指导下，开始长江大桥的勘测、钻探工作。

至1953年10月，钻探队经过两年九个月的钻探，艰苦地探寻长江水底岩层的地质情况，共钻了214孔，计4363米，作了4个比较线，详细反复地进行比较研究。

1950年6月至8月，铁道部连续召开多次技术会议，研究武汉长江大桥的桥址线、通航净空、载重等重大技术问题。

同时，铁道部设计局成立由梅旸春兼任组长的武汉长江大桥设计组，对长江大桥进行初步设计。1952年进一步成立设计事务所，1953年5月完成初步设计。

期间，1950年9月、1951年6月及1953年3月，铁道部分别召开了三次大型技术会议，进一步商讨重大技术问题。因为从历史上看，在浩瀚长江上修建这样一座跨江大桥，可以说是历经沧桑。

伟大的长江孕育了中华民族伟大的文明，但自古以来又是人们难以逾越的天堑。它是祖国东西交通的动脉，又是祖国南北交通的障碍。

公元208年，曹操统兵号称"八十三万"欲取东吴，只因过不了长江而被孙权、刘备联军大破于赤壁。

1852年12月，太平军逼近武汉，曾用一个晚上在汉阳至武昌的江面上架起过两座浮桥。

清朝末年，邮传部就开始拟订修建武汉长江大桥的计划。但由于晚清政府的腐败，武汉长江大桥的修建难遂人愿。

1913年，北京大学德籍教授乔治·米勒在当时川汉铁路督办詹天佑的支持下，带领北京大学土木工程系的13名学生进行"武汉纪念桥"的勘察测量。

1919年，孙中山在《建国方略》中提出了在武汉建设长江大桥的具体设想。然而，在北洋军阀及国民党的反动统治下，每次都只不过停留于测量、设计而已。

1929年，国民政府铁道部请美籍顾问华德尔博士来汉勘测，在江中钻了8孔，计划沿武昌蛇山至汉阳凤凰山线建桥，长约1222米，共15孔。中孔主跨约91.4米，设升降梁，桥面一层由公路铁路共用。

1934年，茅以升主持的钱塘江桥工处又对长江大桥桥址作测量钻探，并请驻华莫利纳德森工程顾问团拟订了又一建桥计划：桥址在武昌黄鹤楼到汉阳莲花湖北刘家码头，桥长1932米，设两台7墩8孔，六、七号墩间主跨237.74米，以拱形钢梁架设于六、七两墩之上；桥面一层，公路铁路并列；桥下在最高洪水位时净高30

米，可通航最大江轮；在汉江上分设铁路桥与公路桥，工期4年。这两个计划均给后人建桥以启示。

然而，由于多年的战乱，修建武汉长江大桥的计划一直得不到实施。

"江水东流去，飞虹如梦呓。"出于失望，或是无奈，长江两岸的人民吟出了这样的歌谣：

黄河水、长江桥，治不好、修不了。

新中国成立前，全国最主要的铁路大动脉平汉线和粤汉线，只能一端在汉口，一端在武昌，隔江可望而不可即。那"白浪如山那可渡，狂风愁煞峭帆人"的古老诗句，从另一个侧面向人们描述了两岸人民只能隔江相望的严酷事实。

新中国成立初期的统计调查资料显示：武汉三镇每日依靠轮渡及木划子摆渡，来往人数达11.5万人次，每年水上失事死亡人数平均达300人以上，时间及经济上的损失更是惊人。

在浩瀚的长江上架起一座贯通南北的大桥，变"天堑"为通途，是我国人民的夙愿。百废待兴的新中国将武汉长江大桥列入第一批重点工程项目。刚刚从多年的战乱中走出来，一穷二白，积贫积弱，但是，每一个人无不满怀"打破旧世界、建设新世界"的理想，修建武汉长江大桥也开始由梦幻变为现实。

于是，在第一个五年计划中，伴随大规模经济建设的开始，党和政府正式把修建武汉长江大桥确定为国家在武汉投资兴建的 7 个重点工程项目中的一项。

1953 年 4 月 1 日铁道部在中央的指令下，为适应建桥需要，成立了新建铁路工程总局武汉大桥工程局，直接负责武汉长江大桥的设计和施工。

铁道部首先指示广州、郑州、柳州、上海、天津、济南等铁路局，负责向大桥局输送各级各类干部和建桥工人，还将江岸桥梁厂、长沙工务修配厂、锦州大凌河桥工队成建制地调给大桥局。

几个月之内，从全国各地抽调的大批建桥职工，迅速云集武汉，组成了全国第一支以桥梁建设为专业的建桥大军。

紧接着，工程队成员分别被派往湘潭、信阳进行湘江大桥的架设工作和浉河桥换梁工程，以锻炼修桥能力，为武汉长江大桥做施工的技术准备。

鉴定小组设计规模

1953年7月，经中央人民政府批准，铁道部组织了以彭敏为组长，共9人组成的武汉长江大桥初步设计赴苏联鉴定小组。

彭敏到苏联后，由苏联交通部副部长霍林主持，选择25名苏联专家和教授，组成武汉长江大桥初步设计鉴定委员会。

进行为期两个月的审查和研究，作出了鉴定意见。

鉴定对水中基础的施工方法，经过长时间的讨论后认为困难很多。

关于水中桥墩基础，鉴定结论认为仍应采用压气沉箱、浮运法施工。

彭敏的鉴定小组回国后，根据鉴定结论修正了初步设计，并于1953年10月10日送呈中央人民政府审核。

根据初步设计，由具体数据等事项构成的武汉长江大桥的规模呈现在眼前。

武汉长江大桥全部工程包括：

从粤汉线武昌总站起，以立体交叉跨越武珞路、中山路、武昌路、解放路，沿蛇山至黄鹤楼处，横跨长江。

过江后沿龟山以立体交叉跨越汉阳月湖正街，至阮家台处过汉水，又跨越张公堤及仁寿街至玉带门车站与京汉路接轨。其中包括如下各项：

正桥全长1156米。

两端引桥：武昌岸105米，汉阳岸175米。

路线桥7处，其中最长80米。

汉水桥全长300米。

长江水位最低为吴淞零点上10.96米，最高为吴淞零点上28.28米，最大差达17.32米，最高航行水位为26米。

桥梁净空在最高航行水位以上18米。

桥式为8墩9孔，等跨度的3孔一连的连续梁，每孔跨度127.8米。

桥为固定桥，双层：公路在上层，路面宽18米，人行道两边各2.25米；铁路在下层为双轨，中间距离4.1米。

设计载重：铁路为中至24级，公路为汽至18级及轮载重80吨。

桥墩采用压气沉箱基础。

因为桥位的江底石层标高最深为吴淞零点下15米，所以最深的墩子全高为58.8米，到公路路面达83.2米，相当于20层大厦的高度，比地面高40米。

所需钢料总重2.4万吨，每孔梁重2400吨。

混凝土工作量20万立方米。

总概算数1.35万亿元。

如此规模巨大和技术复杂的桥梁工程,在中国桥梁工程史上是空前的,在世界桥梁工程史上也是不多见的。

特别是以中国国内自产的材料来修建大桥,在中国的桥梁史上还是第一次。

毛泽东踏勘大桥桥址

1953年2月16日深夜,农历大年初三,毛泽东在新中国成立后第一次回到了阔别25年的武汉。

第二天,他请中南局、湖北省委、武汉市委几位领导人吃饭,席间谈到了武汉长江大桥的勘测情况。

早在1950年,铁道部就开始讨论武汉长江大桥的桥址方案。当时的武汉长江大桥,并非一开始就选在龟、蛇两山之间。

据当时负责大桥美术设计的原中铁大桥局教授级高级工程师唐寰澄透露,当年大桥选址方案有8种。

其中,专家倾向于三种方案:第一个方案是从武昌的凤凰山到汉阳的龟山;第二个方案是从武昌的蛇山到汉阳的龟山;第三个方案是从武昌的蛇山到汉阳的凤凰山,即现在汉阳莲花湖旁。

根据基础施工难易、造价、保护文物等角度的比较,对这三种方案的审定结果,是确定了武昌蛇山到汉阳龟山的总线路。因为经过比较,这个方案的造价是最低的,跨江长度也是适宜的。

毛泽东在听取中南局领导关于武汉长江大桥工程正在勘测钻探的汇报之后,非常高兴,于2月18日下午,兴致勃勃地到黄鹤楼一带亲自勘察长江大桥的地址。

这天是农历大年初五，雪后初晴，蛇山引来了不少游人，黄鹤楼下更是熙熙攘攘。

其实，这座黄鹤楼实际上并非真正的黄鹤楼，真正的黄鹤楼已在1884年被大火烧毁，此楼名叫"奥略楼"，是清朝光绪三十四年湖北学界为旌表张之洞在鄂的德政而修建的。因其形制模仿黄鹤楼，楼前也如原黄鹤楼一样悬挂着一块"南维高拱"的匾额，故人们习惯称其为黄鹤楼了。

毛泽东是在2月15日离开北京乘专列沿京汉线南下的。在17日晚请地方领导人吃饭并听取汇报时，他着重谈了向社会主义过渡的问题。

毛泽东说过渡要有办法，像从汉口到武昌要坐船一样。还说过渡时期类似过桥，走一步像是过渡了一年。

他打这种比方也是有来由的，因为中南局汇报武汉长江大桥勘测设计情况，这可是件大事！

新中国成立伊始，百废待兴，面对满目疮痍的大地，他的目光还是首先投向了有关国计民生的大事。

1951年7月，他号召：一定要把淮河修好！

1952年 月，他指示：要把黄河的事情办好。

如今，他又开始高度关注这座关系经济发展和人民生活的大桥了。

在关于桥址方案的汇报中，有8条可供参考的桥址线，他今天来此的主要目的，就是踏勘龟山至蛇山这条桥址线。

利用龟、蛇二山作为天然的引桥基础，乘山势把两岸长达数百米的引桥筑在上面，不但基础可靠，而且比在平地上建造起架空的高大引桥大大地节约了工程造价和施工时间，很自然地使这两岸长蛇似的引桥与正桥连接起来。

这就是现在的武汉长江大桥桥址线。

周恩来组建工程局

1954年1月15日，周恩来主持召开了政务院第二〇三次政务会议，决定召集全国优秀人才，组建铁道部新建铁路工程总局武汉大桥工程局。

此时，根据"一五"计划，武汉长江大桥的筹建工作正在紧锣密鼓地进行着。

为了修这座桥，周恩来亲定大桥建设蓝图，责成国家8个部委调集全国力量，为长江大桥建设服务。这次组建的新建铁路工程总局武汉大桥工程局，就是如今的中铁大桥局集团有限公司前身。周恩来的这个决定，至今影响着中国桥梁事业的发展。

会议正式讨论通过《关于修建武汉长江大桥的决定》，定下了武汉长江大桥的清晰未来：

桥型选为公路与铁路两用桥，公路位于上层，铁路双线位于下层。

桥下净空，在最高通航水位以上18米。

初步设计，工程总概算1.35万亿元。

任命彭敏为大桥局局长，中共武汉市委书记王任重兼任政治委员。

1955年2月，大桥工程局下设武汉长江大桥技术顾问委员会，茅以升为主任。

周恩来一直关心大桥建设，在大桥桥头堡设计方案评选上，他都亲自参与评审。

在周恩来等党中央领导的关怀和支持下，大桥局参战员工克服了艰难险阻，只用了两年零一个月时间，就在水深流急、风高浪大的江面上铺设了第一条宏伟壮丽的长虹。

大桥局刚成立的时候，就十来个人，画个线路图，连个黑板都没有。时光荏苒，中铁大桥局现已发展成为集科学研究、勘测设计、工程施工、机械制造"四位一体"的大型企业集团，以建桥"国家队"的身份，活跃在中国内河、沿海，以至国际建桥市场。

在建设南京长江大桥的时候，大桥局曾经将机关都搬至南京，还有将总部搬迁到北京的呼声。但由于周恩来敲定的大桥局当时就在武汉，因此以后的50年中，无论大桥局在全国各地承接了多少工程，依然难舍武汉情结，总部一直留在武汉。

钻探队评查桥址地质

1954年2月，大桥局从地质部、水利部和铁道部抽调有实践经验的地质钻探人员和行政管理人员，联合组成武汉长江大桥地质钻探队。

地质钻探队为彻底弄清长江武汉段及其两岸的地质情况，选定合理的桥渡线，给大桥技术设计和施工方案提供可靠的地质资料，在1950年初步勘测的基础上，开始进行河槽及其两岸的地质评查。

1954年，是武汉长江大桥工程的一个艰苦的年代，也是一个重要的年代。在这一年内，长江和汉水出现了近百年来仅见的特大洪水，冬季又出现了几十年来所少见的严寒，原本没有冰封期的汉水，也结上了很厚的冰层。

然而，桥梁建设者并没有被这些原来不曾预料到的困难所吓倒。在洪水滔天的日子里，工人们要不断地清除江面上妨碍钻探工作的巨大漂浮物、芦草和毒蛇。曾经有一天，他们在钻探船上捕杀了100多条毒蛇。在1954年的最后几天零下15度的严寒中，钻工们也没有让钻机停止转动。

自1954年初夏至1955年1月，参加大桥地质钻探的人们认真进行了几个桥渡线比较方案的钻探，共钻了103

个钻孔，钻进江底覆盖层和岩层3300多米，取出了大量的岩芯，圆满完成了武昌黄鹤楼和汉阳龟山之间的地质评查。

由于掌握了大量的地形、地质和水文、气候等重要资料，长江大桥的设计与施工，就有了高度的科学理论根据，使技术人员能在短期内完成建设长江大桥的技术设计。

武汉长江大桥位于龟山与蛇山之间，桥址区地质情况较为复杂。这一带过去为长江中游与洞庭湖相连的巨大沼泽地带，地势低洼，古称云梦泽，以后逐年淤积，渐成陆地。

长江几经改道，最终在龟山蛇山之间形成固定河道，呈"龟蛇锁大江"之势，两山之间天然河床狭窄，江面宽度仅为1126米，地形上是个天然桥址。

经地质调查和钻探，冲断层、逆掩断层、倒转向斜构造及地堑等都通过桥址区，向斜构造沿着纬度的轴向在桥址处形成一个倒转的褶皱，岩层接近直立，褶皱隆起部在地面形成了两个山脉。

龟蛇两山不属同一山脉，武昌的蛇山与汉阳的凤凰山是南支，汉阳的龟山是北支。桥址的选择主要在这两支山脉范围内进行工作。

航运情况，长江自武汉市至吴淞口段，高水位时能通行万吨轮船，低水位时亦能通行3000吨轮船，汉口至宜昌段，高水位时能通行3000吨轮船，低水位时能通行

1000 吨轮船。

关于桥址线，当初共提出的 8 个方案可分成两类：一类为顺着南支山脉或顺着北支山脉；另一类为跨过地质褶皱，从一个山脉跨到另一个山脉。

经比较，第一方案武昌岸引桥过长江中岩盘过深；第三方案经钻探，靠近汉阳凤凰山的三个桥墩，因断层关系位于承载力极低的页岩上，均被否定了。

初步设计以第二、四两个方案为建议桥址线，鉴定时提出两者的修正案，即第五方案。因第五方案的七号墩正位于破碎的碳质页岩上，又提出了第六、第七方案，打算使七号墩躲开碳质页岩，经钻探未达预期目的，因此放弃。

第八方案引桥长且要跨过藕湖，工程量大，且石灰岩溶洞多，也放弃了。

经反复研究，第五方案造价省，与水流交角稍大，但无太大影响，仅遗留七号墩碳质页岩问题需处理，经反复讨论研究，可采用高压射水送桩的钢筋混凝土管桩基础。

1955 年 1 月 15 日，国务院召集交通部、水利部、铁道部在汉口举行桥址选线技术会议，最后决定，采用第五方案桥址线，即现桥址线修建大桥。

国务院批准设计方案

1954年9月，武汉大桥局邀请国内10多位著名桥梁和建筑专家、教授，在武汉开了一个预备会议，广泛征求大桥设计方案意见。

与会者就武汉长江大桥的规模、正桥的形式和引桥的美术设计方案作了认真的讨论。大桥局的专家们设计了正桥、引桥以及联系着正桥和引桥的桥台美术方案。同时，这次会议还研究了进一步征求方案的范围、绘制图纸的内容和征求方案的说明。

这次会议是在国务院提出武汉长江大桥的要求之后召开的。

武汉长江大桥不仅是一座铁路、公路两用桥，还是一座城市桥，这就要求一个与之相适应的美术设计。

国务院要求武汉长江大桥"应成为一个卓越的建筑"，"不但应以现代化的技术水平解决国家巨大的经济课题，而且在建筑艺术上能以雄伟壮丽的外观，标志出中国的新时代"。

根据国务院的这一指示精神，大桥局武汉预备会议商定，把征求大桥美术方案的邀请信发给全国著名建筑设计院和各著名大学建筑系以及各建筑公司。

1955年2月，大桥工程局又邀请全国著名的桥梁专家、建筑专家、美术雕塑专家、造庭园艺专家，对已征集的来自中央建筑设计院、北京建筑设计院、中南建筑设计院、大桥工程局等11个单位的25个设计方案进行评选，并将评选意见和全部应征方案呈报国务院审批。

在征集来的25个方案中，有24个方案基本可分为两种类型：

一种是仿照欧洲古典城堡和凯旋门式的建筑，力求把桥头堡筑得又高又大，强调长江大桥是纪念性建筑，追求外观壮观华丽，却忽视节约原则以及大桥本身的结构和使用价值。

另一种是完全复古式的设计，不仅缺乏时代气息感，而且施工困难，造价昂贵。

相比之下，大桥工程局设计事务所唐寰澄、陈新和曹春元等工程技术人员设计的方案，以其既摆脱了形式主义、复古主义，又讲求了经济、实用、美观的独特建筑构想，引起了中央领导和专家的极大兴趣和重视。最后，国务院批准了这个美术设计。

1955年5月下旬至6月初，铁道部集中全国著名的桥梁专家和有经验的桥梁建筑工程师，举行了武汉长江大桥技术设计审查会议，就大桥的技术设计、施工进度、总预算，包括美术设计方案进行了缜密的审查，并请国务院审批。

1955年7月18日，国务院批准了武汉长江大桥的技术设计方案，同时批准了施工进度和总预算。

茅以升负责技术工作

1955年2月，以全国著名桥梁专家茅以升为主任委员的"武汉长江大桥技术顾问委员会"成立。

昔日曾在茅以升领导下参加修建钱塘江大桥的技术骨干和全国各地的知名桥梁专家，基本上都被调到了大桥局，并在各重要技术岗位上任职。可谓精英荟萃，群贤毕至。

武汉被长江、汉水一分为三的独特地形，决定了武汉长江大桥工程需要修建一系列的建筑物，其中主要是横跨长江的铁路、公路两用桥，横跨汉水的汉水铁路桥和公路桥，即江汉桥。此外，还包括长江、汉水两岸的10座跨线桥和铁路、公路连线桥，等等。

早在1954年1月21日，周恩来主持召开的政务院第二〇三次政务会议，正式通过《关于修建武汉长江大桥的决定》，批准了初步设计和工程概算，以及1958年底铁路通车和1959年9月底公路通车的竣工期限。

2月6日，《人民日报》特为长江大桥的修建发表题为《努力修好武汉长江大桥》的社论，文中特别提道：

> 武汉长江大桥的全部工程还将用自己的材料，由我国自己的人力来建设。

社论号召全国人民支援大桥建设。自此，修建武汉长江大桥的序幕正式揭开。

由于武汉长江大桥是一项非常艰巨而繁重的开创性工程，修建这样的大桥，除了必要的人力、物力和财力条件外，还必须拥有一批掌握现代化桥梁科学技术水平的科技人才。

为此，早在1954年7月，中央就出面聘请了以康斯坦丁·谢尔盖耶维奇·西林为组长，由28名苏联专家组成的专家组，来华给予技术援助。

二、开工建设

- 1954年11月12日,汉水铁路桥胜利建成,并于1955年1月1日正式通车。

- 苏联专家们帮助中国职工提高技术的方法,通常是上技术课,系统地讲授有关设计和施工方面的重大技术问题。这样,就使得大家能够全面地掌握建桥技术。

建成汉水铁路桥

1953年11月27日，汉水铁路桥正式动工兴建，同时，两岸铁路连线工程也开始进行。

汉水铁路桥全长约372米，9墩10孔，桥墩高达30米，最大跨度为55米。桥梁式样中间为下承花梁，两端为标准钢板梁和钢筋混凝土梁。

在苏联专家的指导和帮助下，全部工程都用机械化的施工方法。如用高压射水沉柱法进行打桩，用拆装式混凝土工厂及电力自动输送混凝土的方法浇灌桥墩。这样大大地推进了施工速度，提高了施工效率，争得了宝贵时间。

汉水铁路桥的施工，是一场不大熟练的演习，出了不少插曲。

那时候钢铁产量少，根据苏联的经验，用的是木制沉井，花了不少珍贵的木材。木沉井造在一只驳船上，另用两只驳船夹着，在驳船中打水，使驳船下沉，沉井浮起，再拖到工地定位。那时沉井还有木底，必须用钢轨来冲去木底，变为无底沉井，才能沉到河床。

在沉井和另一个钢板围堰里，要打大量的混凝土。那时没有水上混凝土工厂，是采取打人民战争的方法，用许多铁驳并列起来，上面放置了10多台400至800升的拌和机，有好几百名运送沙石、水泥和拌和的工人，分班分片，共同协作。

为保证武汉长江大桥的建成，中央要求各部委、各地方部门，要人给人，要物给物。

中央第一机械工业部和华东许多工厂，都为长江大桥的建设制造了机具。鞍山钢铁公司、大冶炼钢厂、华新水泥厂供应全部钢材和水泥。全国铁路系统许多桥梁厂、车辆厂供应管桩和机具零件，而且许多部门还派了桥梁专家、技术人员和许多技术工人赶来参加铁桥的建设。

在兴建汉水铁路桥的时候，全市各机关部门及人民群众给予了极大的支援。

武汉电业局工人为桥梁施工安装供电设备，武昌造船厂协助解决材料搬迁房屋，市建筑工程局第一工程公司为桥梁职工承建办公室和宿舍，申福新厂工人协助搬运器材，汉水两岸居民自动组织起来维护工地附近的秩序。长江水利委员会、湖北省交通厅、中共汉阳区委、中共硚口区委和工地附近的公安派出所等单位，均多方面支援工程建设。

1953年是建设汉水铁路桥的职工们艰苦奋斗的一年。在基础工程最紧张的日子里，工人们经常要在严寒的风雨交加的水上坚持工作。进入夏季，铁路桥的建设者和洪水进行了出色的赛跑。他们在洪水淹没18米高的木沉井的前三天，就及时把第五号桥墩的混凝土浇灌好了。

汉水铁路桥的建设同时是一所丰富而实际的桥梁学校，很多人才从这里成长起来。

普通的青年工人有的只花了一个月或几个月的时间，便能驾驶和管理万能打桩机和吊船了。

仅仅经过三个月训练的铆工和钳工，现在已经成为熟练的潜水员。

有200多名大、专学校学桥梁工程的学生曾在这里实习，其中留在这里的14名学生，已经担任着技术员、工长和领工员的工作。

汉水铁路桥于1954年11月12日胜利建成，并于1955年1月1日正式通车。

汉水铁路桥不仅为武汉长江大桥的兴建完成了一项重要的准备工作，而且将汉口与汉阳连成一片，使古老的汉阳从此彻底改变了因交通受阻发展缓慢的历史，步入与武昌、汉口三镇并驾齐驱的格局。

建成汉水公路桥

1954年10月30日，在汉水铁路桥即将全部竣工时，汉水公路桥也正式开工兴建。

汉水公路桥全桥共8墩7孔，长达322米。桥面当中是宽阔的车道，可并排行驶6辆大型汽车。两旁各有可容5人并行的人行道。其工程量要比汉水铁路桥大3倍，在技术要求上也比较复杂。但这座公路桥从开工到竣工，建设者们只用了13个月的时间。

工程段的干部、技术人员和工人都是从汉水铁路桥调去的，他们在铁路桥工程中积累了经验。虽然公路桥工程量比铁路桥还大，而且同样要在一个枯水期内修成，但是他们有足够的信心按期完成任务。

汉口桥台打桩工程，规定每班打桩120米，这是王立中工班在汉水铁路桥工程中创造的打桩最高纪录。工程段还研究进一步发挥万能打桩机的效能，继续提高打桩效率。

开工后的第一根管桩从开始吊桩到打到设计深度，只用了85分钟，比汉水铁路桥开工初期提高效率5倍。

1955年12月25日，汉水公路桥已全部建成。

武汉市人民政府命名为"江汉桥"。

1955年12月31日，江汉桥举行隆重的通车典礼。

在此前的1955年4月25至26日，英国共产党中央委员会总书记哈里·波立特、中央监察委员会主席罗伯逊·斯图尔特参观了建成的汉水铁路桥和建设中的汉水公路桥。

1956年10月10日上午，蒙古人民革命党第一书记达姆巴率中央委员曾德哈希冈白、东戈壁省党委书记策烈布桑巴等，参观了长江大桥工程、汉水公路桥等。此外，还有许多外国友人先后参观了这里，对中国人民高涨的热情给予高度评价。

通过汉水铁路桥和公路桥的建设，我们培养了一批熟练的技术工人、技术人员、管理人员、政治工作人员等，并积累了丰富的建桥经验，为武汉长江大桥的建设，在各方面做好了充分的准备。

青年突击组架设钢梁

1956年7月3日,一个晴朗的夏日,热风掠过江面,在大江上吹起了微微的波澜。从今天起,钢梁就要开始架设了。

一排屹立在江中的桥墩,像一排待命的战士,等待着承担重大的任务。

一座大桥的水下基础完成后,其上部结构,即钢梁的架设至关重要。

因为全部桥梁的价值,就体现在上部结构的合理、经济、安全以及建成后的养护维修、国防安全等一连串问题上。

武汉长江大桥是双层双轨铁路、公路两用桥,其规模之巨大,在当时是前所未有的。

大桥钢梁在设计上采用等跨间支梁,每孔跨度相当于钱塘江大桥的两倍。在安装上采取三联九孔,即三孔钢梁连接为一个整体。

每孔结构一律用"菱格桁架",构成桁架的杆件都是同形状的钢材截面。这种安装方式和结构不仅能增强负重能力,而且便于养护维修,一旦遭到敌人袭击或破坏,便能迅速修复通车。

大桥的全部钢梁,都是山海关、沈阳两个桥梁厂制造的。

鞍山钢铁公司为大桥及其附属建筑提供了大量桥梁专用钢材。

钢梁的架设，不是传统的拖拉或浮运法，而采用较新的平衡悬臂拼装，从两岸开始向江心拼接，最后合拢。

这种方法虽然要求拼装铆合的精确度极高，但却能节约大量的人力物力，缩短钢梁架设的时间。而且，不会影响到武汉港船舶繁忙的运营作业以及长江航运的正常通航。

领导把吊送钢梁的任务交给了臂膀最长、力量最大的德克30吨吊车，又把驾驶这台吊车的任务交给了三名青年人，他们是佟连柯、阎世奎、许乃盅。这些年轻人还都是刚满23岁的小伙子，是一个由共青团命名的青年突击组。

机器是那么巨大，它是一台现代化的电动吊车，几个青年人对它还不怎么熟悉。

任务是那么艰巨，这么宽的江面，这么多又这么大的钢梁，这么高耸的桥台……

他们能行吗？能行！

司机长佟连柯代表大家向党和人民提出了保证：

保证完成任务，保证安全！

这是两句十分普通的话语，但是，对于架设长江大桥钢梁的任务来说，又是多么豪壮！这里面包含了多少勇气和决心，多少对人民事业的忠诚！

小伙子们高高兴兴地把任务承担起来了。

左岸的钢梁就从这天起，开始一根接一根地向武昌方面伸展。

世上没有一件伟大的事情会像静水泛舟一样轻松，架设大桥上的钢梁，尤其不轻松。

工作开始并不太顺利，这是一项需要多个工种相互配合的工程，要达到动作的和谐，吊车本身就需要电工、钳工和司机的密切配合。

要是这部分配合得不好，轻则影响工程的进展，重则比如卷扬机刹车失了效，或者钢丝绳发生了断损的现象，几十吨重的钢材就会从高空落到江心。

这样不知道多少人的生命和多少物资将遭到损害。因为他们是在桥梁的最高层工作，在下面还有许多钢架和驳船以及在那上面操作的同志。

如何使工程又快又好又安全？这是领导向他们提出的问题。

司机长佟连柯，是一个精明能干、又具有组织才能的青年人。领导告诉他要做好工作，首先得团结，要思想统一。而他们这个组里，电工和钳工都是临时凑拢来的，彼此并不了解。

于是，佟连柯首先做了熟悉人和了解人的工作，摸一摸大家的思想情况，做了一些必要的打通和说服工作。

这样大的工程召唤着大家，每个人都是信心百倍。只要是为了工程，什么苦他们也不怕，什么困难也吓不倒他们。

在这种情况下，思想问题也就少了，团结问题就容易解决了，因为大家有一个共同的信念，共同的思想基础。一种工人在艰巨任务面前的荣誉感鼓舞着大家，小组很快就亲密地团结起来了。

只是工作生疏，做起来很不顺手，拼一个"米"字形的钢梁就需要 14 个工班，多么急人哪！要是这样下去，这么多钢梁要几年才能架完哪！

佟连柯首先和他的好友阎世奎商量，决定找大家一起来研究。

群众的大脑就是智慧的源泉，果然，在大家一起研究之后，办法出来了：定出了联系的信号，让信号成为电工和钳工共同的眼睛，由司机来掌握。这样，大家的行动就一致了。

大家定出了交接班制度，每班要提前 15 分钟上班，检查机器，如果发现了问题，要立即修好。

改进了调度，三个司机和下面的三个装吊工班，配合起来，把班次固定下来，让一个装吊班经常跟一个司机在一起。这样，彼此就摸清了工作的习性，配合自然就和谐了……

他们制定了大家共同遵守的纪律和一系列的制度，又想了一系列的办法，提出了许多合理化建议，一支坚强的战斗队伍组织起来了。

为了配合得更好，佟连柯还组织大家相互学习：司机要熟悉电工和钳工的工作，电工和钳工也要熟悉司机的工作；作为一个工作单位，他们又要一同去了解装吊工班和铆合工班的工作。

互相学习的结果，是工作配合得更好了，新的创造产生了。

司机阎世奎在钳工赵老师傅的帮助下，做了一个卷扬机的刹车，这个刹车可以弥补电动刹车的不足，使得卷扬机运用更自如了。扒杆的上下起落，左右旋转，完全可以控制了。

赵老师傅也和青年电工赵汇源一起研究和提出了在磁力控制台安置电器连锁的建议，于是接触点再也不出故障了。

架一个"米"字形的钢梁，由14个工班变成了7个工班、5个工班、4个工班，一直到3个半工班。

他们月月超额完成任务，又月月都保证了安全。

团结友爱、工人阶级的集体主义、优异成绩所带来的荣誉感，充溢着他们的工班。

他们获得了武汉市第四届劳模大会授予的"集体模范"的锦旗和大桥工程局授予的"先进安全生产小组"的奖状。

1957年5月4日14时59分，司机长佟连柯亲自操纵着吊车，把最后一根上弦杆吊起了。在沸腾的欢呼声和音乐声中，上弦杆被稳稳妥妥地安装上去了。

长江两岸从这一刻起，真的被一条钢铁的长龙连接起来了。

从1956年5月汉阳岸开始架设钢梁，10月武昌岸开始架梁，到1957年5月4日下午两岸钢梁在六号桥墩处拼接铆合，共用了一年的时间。

至此，全桥钢梁准确无误地合龙。这标志着武汉长江大桥主体工程基本结束，为此，大桥工程局举行了隆重的庆祝仪式。

建桥工人激战大风暴

工地上空忽然闪出一道电火，接着，传来隆隆的雷声，愈来愈近，最后霹雳一声，宇宙好像炸裂了。

人们紧张地关上窗户，孩子们按着耳朵，妇女们把晾在外面飞舞的衣服收起。

狂风大作，一瞬间，暴雨已经倾泻下来，还夹杂着大颗粒的冰雹。

此时，正是1956年下半年，大桥的中心工程，即正桥宣布开工已经过去半年多了，江上的8座桥墩正在同时紧张施工。

从四面八方来的人们，都对大桥的建设规模和速度投以惊羡的目光，工程使人们第一次感觉到浩瀚的长江航道狭窄，连老水手在经过这些航道的时候都要小心谨慎。

武汉的一位诗人说：

全部桥墩同时施工，而航道可以不被切断！
可见我们的长江，
伟大的长江，多么浩瀚和宽阔啊！

诗人的感叹是对的。这江，是世上少有的江；这工程，也是世上第一次看到的、独创的工程。

在桥渡线的一条直线上，8座桥墩一字排开。四号墩刚下围令，三号和七号墩正下管柱，五号和六号墩正在管柱中间钻孔，二号和八号墩快露出水面了，一号墩则在2月中已经修出了水面。

对于这些，可能人们还是不很理解。可是只要看到这工地的人，是不能不吃惊的。因为，无论这条浩浩荡荡的江是怎样的水深流急，竟已被我们用精确的科学制得服服帖帖了。

这些正在施工的桥墩，将如一号墩似的很快地全部都修出水面来，然后它们将向高处攀升，越升越高，升到一个让你吃惊的高度。

人们憧憬着，1957年底，那里将有一条宝带似的大桥横跨过这条雄伟的江，武汉市将展开在这道长虹之下。在永久的、美丽的虹上，行人车马将凌空来往……

然而，现在，暴风雨在整个空间肆虐。

封江了！江上交通断绝了！

翻动的江浪重重地打击着桥墩工地。

这是风暴的第一次袭击，当时是18时。

20分钟以后，狂风和暴雨好像奏完了一个序曲一样，停歇了一下。

早先气象台发出的天气预报是20时将有7级风。

这时候，乌云弥漫，只有闪电的火光将它烧红，照见阴暗的水波在跳跃。

不到 19 时，风暴提前了一小时多，再次袭来，而且风力迅速由 7 级升至 8 级、9 级，甚至 9 级以上。

风暴出乎意料的凶恶，大地上一个行人也没有。长江的浪涛，飞腾到空中。

狂风在江上飞舞，追逐着，寻找着它可以欺凌的牺牲品。

一辆吉普车冒着风雨雷电，从大桥工程局的大楼前开出。它射出两道灯光，灯光也像在水底一样射不远。

吉普车像在水底飞驰，一直开到 5 号工地，来到桥台下面。

几个人影从车里快速出来奔上大堤，旋风一样扑进工地队长室。

正好队长室里的一屋子人，在措手不及的情况下，有一点乱糟糟呢。

他们一看到进来的是副局长、苏联专家和副总工程师，立刻鸦雀无声。

在他们的心里，有了安慰。

在暴风雨第一次袭击的时候，工程局的领导就集中到调度室，用调度电话检查了原先布置的各项防风措施，结果表明，大家都执行了。

但是，等暴风雨再次袭击的时候，他们就感到风力超过了预期，在 9 级风以上，桥头可能会有困难，就直接来到了现场。

到了工地队长室，他们脱下了雨衣。

雨衣裹挟的雨水,沿着湿湿的地面,流到了较低的角落去。

了解情况后,副局长开始分配工作。这几乎和一场激烈的战斗相同。这好像敌人已经打到门口,四面将你围住,正用威猛的火力向你进攻。

突然,五号墩上的灯火灭了。他们感到,这就好像一个据点被夺。

但是,副局长、专家、副总工程师都是在炮火之下成长起来的人,是久经战场的沉着的指挥员,虽然现在是和大风暴作战,他们还是信心坚定。

他们给在场的人一一分配任务。一部分同志领受任务后,马上向五号墩方向出发。

刹那间,五号墩上熄灭的灯火复明了。

此刻,副局长正在写一道命令,要甘其良书记送到4号工地去。

可是他立刻发现,停泊在五号墩旁边的一艘大吊船上面有一台35吨吊车的铁驳,在五号墩灯灭,四周一片漆黑之中,狂风突然攫住了钢丝绳,一下又一下地拉它、摇它、拧它,就这样把它摔断了。

这艘大吊船是用一条18厘米的钢丝绳拴在钢围堰上的。可是现在,肆虐的狂风竟把巨大的吊船吹离了桥墩,并且继续吹动它,竟然逆着水流向上游推送。

五号墩上的人在灯亮发现时,大吊船已经被风吹得很远了。

副局长立刻用无线电发布了命令，要2号轮副轮长即工地上著名的劳动模范张克杰，赶紧组织力量，前去抢救。

在甘其良奉命向4号工地去的时候，在工地运输河口的2号轮已经升火向大风暴开去。

甘其良看见桅杆上的三色灯光在摇摇晃晃中勇敢地前进。灯光如宝石似的顽强地闪耀着，不管夜是多么漆黑和凶险。

这时，大吊船已经顶着激流，被风吹到了上游很远处。

2号轮上的有经验的水手们，已经不止一次在长江风浪中进行过抢救工作，不过9级以上的风他们也很少遇到。他们在大浪中，加快速度，不多久就追上了大吊船。

张克杰撑着大轮，谨慎而困难地向它靠拢，船员们用钢丝绳把大吊船紧紧地拴住。

与此同时，二号墩旁边的大吊船上的钢丝绳也让狂风拉断了。这种35吨大吊船平素威风凛凛，但它自己既没有机器、也没有舵，平日靠运输船拖驳，这时只能让狂风摆弄。现在它也顶着激流，向上游的方向移动。

二号墩上的人发现后，立刻打电话呼救，他们担心那吊船撞上一号墩。

35吨大吊船刚从一号墩边上擦了过去，就靠近了左岸。风把它渐渐吹向岸边。

副局长准备下令一中队抢救。

可还没有等副局长下令，一中队队长石景仁早已闪了出来。

这是一位满下巴都是灰白胡须，两眼却有着坚定目光的老工人。

他抓住一个工长的肩膀，拉他过来，告诉他，在三号桥墩下面，有一盘25厘米的钢丝绳，让他赶紧派人去抬来。

几个黑影飞奔而去。

有的人还在干着急，有的人皱起了眉头，而石队长满脸都是很有把握的神色，他安静地等着钢丝绳。

有经验的人知道，风向和水流将使吊船靠上左岸的那一块滩。

石景仁不知道副局长正看着他。

副局长想，是不是让这位老工人冒着风雨跑出去呢？要不要阻止他呢？但是，没有像他这样有经验的人出马，是不行的。因为情况十分紧急。

像一条巨蟒似的盘成一团的钢丝绳被抬到堤上。

20多人，就像舞龙灯似的把钢丝绳抬在肩膀上，排成一列长队。

石队长不断地喊着，指挥着大家，从那被风吹得人站不住、站不直的堤上开始行动。他们顺着岸边高高的石级，急行下坡去。

石景仁走在前面，后面的人跟着他。汉阳岸在他们身后急速地上升，他们已经下降到水边，一直奔到了沙滩上。

从闪电中,他们看到吊船已经靠近前面的左岸。再一看,才看到大浪掀起来,比两个人还要高。

随着退下去的浪,他们紧握着钢丝绳,急速地涉水到吊船附近,把钢丝绳送上吊船。他们在水花飞溅的岸边把吊船拴住了。

就在这时,在黑黑的江心,在巨浪之中,2号轮上命令:"下锚!"

锚下去了,可不顶事,大风继续把吊船往上游推。

他们拖着大吊船的锚,用尽一切办法,保护着它,一同缓缓地移动。

在狂风暴雨中,他们来到了鲶鱼套附近。风吹了大半夜,工地上紧张了大半夜。

后半夜2时,风势稍稳。

甘其良他们驾驶着一艘汽轮,驶到桥墩附近。他们从一号墩开始,一个一个地检查了一遍,直到八号墩。

风稍小,可是浪还很大。人在轮船上有点晕眩,有点恶心。汽轮一起一伏,无法靠近墩子。

他们开了一盏强光灯,照住一个个墩子,远远看去,虽然灯光中所见的斜风、急雨、江浪仍然可怕,可是他们看到桥墩上的管柱群、钢围堰等,屹立不动。

甘其良他们也看到了守在桥墩上的人。桥墩上的人只是觉得这一夜挺凉快的。

他们也没有感觉到站立和坐卧的地方有任何轻微的

震动，因为坚固的桥墩抗住了风浪。

一夜风暴过后，江水已经非常平静了。朝阳照得江面像一匹闪光的锦缎，好像昨晚没有发生过什么风暴一样。江上和桥墩工地上，景色鲜明，一览无余。

建桥工人战胜了大风暴雨的袭击。

姑娘们奋战在工地上

长江上的夜晚，灯火辉煌。一座长桥横跨在江上，劳动场面正酣。

高插云霄的灯柱已经像树林一样立起，装吊工正在安装人行道的栏杆，油漆工挥动他的画笔正给红色的长桥穿上银灰色的衣衫，过往的船只向着这即将落成的长江大桥频频致意，铆钉枪还陆续扬起歌声，这是一首壮丽乐曲的尾章。

特别引人注意的是，这里有徐翠环等10个姑娘在那里燃起蓝色的火焰，把这幅图画照得尤为光辉灿烂：她们站在这离水面40多米的长江大桥公路面的边缘上，正在焊接人行道的走廊。

1956年夏天，徐翠环她们在山海关电焊技工学校经过两年的学习毕业了。接着，组织上分配她们来到工业战场的前线，即长江大桥工地上。

姑娘们在学校里就急切地盼望着到工地来，她们仔细地阅读着关于每一条长江大桥的消息，担心来得晚了会没有自己的工作。

当她们看到长江大桥缺少电焊工，"一个师傅带了七个徒弟"的消息时，心里高兴极了，想道：这下子我们可到了祖国最需要的岗位上了。

工地领导把她们10个人分配到长江两岸,她们新的生活开始了。

江南的风吹来是这么热,江南的饭食是这么不习惯。她们看到工地的电焊工们,在高空、在江心、在水下工作,弄得满身油污,想想自己虽在学校里也做实习,但那是在不露风雨的教室里,焊一块小铁板,还要坐在凳子上,虽然有时也穿工作服,但也改变不了学生模样,坐在地上休息,还用洁白的小手帕垫着呢!

生活改变得是这样突然,徐翠环她们第一夜,就躺在潮湿的芦席棚里,头下垫块砖头睡下了……这里完全是个新的天地。

有个叫韩秀英的小姑娘,当时才18岁,她的个子也最矮,是年龄最小的一个姑娘。她爱说爱笑,爱唱爱闹,有时遇到什么不如意的事,甚至还会流泪。

这年的春节,是韩秀英第一次一个人在外乡度过。姑娘们都欢欢乐乐地出去玩了,只有小韩伏在床上。

她在想:过节了,妈妈在干什么呢?和自己要好的女朋友在干什么呢?在她上学时的每个星期日,妈妈都在村头巷口等她。

想到这儿,韩秀英好像看到妈妈站在村头召唤她,她想着想着就流泪了。

其他姑娘回来发现她在哭,就都来安慰她。

平时爱逗她的任师傅也来帮助她:"小鬼!想家了?"任师傅拉住她沾满泪花的小手:"你看人家革命战士,一离开家,不知多少年,在战场上宁愿流一滴血,也不愿流一滴泪。"

一阵清风吹醒了小韩的头脑。她睁开眼睛,看看任师傅,羞愧地说:"我怎么又哭了!同志们,你们监督我吧!我再也不哭了!"

在以后的日子里,她和任师傅一起爬上30多米高的〇号桥墩上去焊钢筋。

有时大风呼啸着,钢筋摇摆着,她站在颤抖的脚手架上,咝咝焊过一根接头,扬起面罩,看着任师傅,想想过去,不自觉地笑了起来:"看,我不是工作得很好吗?"

在新的天地里,姑娘们的年纪虽然小、翅膀不硬,但什么困难、什么风浪也不能阻止她们飞行。她们是长江上白鸥的女儿,生来就是为了同风浪作斗争的。姑娘们要求在风浪里锻炼她们脆弱的翅膀。

这时,长江大桥也正是紧张的施工时节。可是她们到工地一个多月了,只能在岸上、车间里,做容易做的安全的活,江上却一次也没去过。

姑娘们常常站在江边、站在黄鹤楼上,凝望着这宽阔的工地。

汉阳岸的钢梁跨过一号墩,像一条巨龙伸向江心。可是有的桥墩还没有出水,桥墩上像一座热闹的集市,繁忙得你来我往:吸泥、抽水,丛林般的吊机在运送着沙石灰浆,工作船在各墩穿梭不停,电焊的光交织着,发电船发出隆隆的吼声，它和着有节奏的铆钉枪的嗒嗒声，组成了一支动人心弦的乐曲。

姑娘们看着工程进行得这么紧张，她们多么希望能到这幅伟大的画幅中贡献一份力量，到大风大浪中去飞一飞！

可是，每次要求都被拒绝："你们的体力不够！"

为了迎接紧急的架梁任务，五号墩的承台电焊任务限定56个小时完成。负责这项工程的机电分队挑选了最优秀的电焊手组织了突击队，可是这个突击队也没有姑娘们的名字。

她们发疯了一样去找工长、队长、团委书记，到处请求："让我们参加突击队吧！""为什么不叫我们参加突击队？"

"你们女同志体力不够！"工长说。

"我们在岸上不是和男同志一样工作吗？"姑娘们异口同声。

"墩上和岸上可不一样！"工长就给她们解释墩上如何艰苦，如何困难……

姑娘们听不下去："它能比战场上还艰苦吗？"

沙素贞问工长："郭俊卿在战场上仗都打了，我们连墩上都不能去？"

郭俊卿在1945年8月时15岁，她女扮男装，改名郭富，多报了两岁年龄，参加了八路军。参军不到一年，就光荣地加入了中国共产党。

从 1945 年到 1950 年春的五年中，郭俊卿同战友出生入死，并肩战斗，荣获特等功一次、大功三次、小功四次，英雄的名字迅速传遍祖国大地。

1950 年 9 月 25 日，毛泽东、朱德在北京怀仁堂亲切地接见了战斗英雄们。当毛泽东、朱德得知她就是郭俊卿的时候，都紧紧地和她握手，向她表示祝贺，并热情地把她请到主席台上就座。在战斗英雄代表大会上，中央军委授予她"全国女战斗英雄""现代花木兰"的光荣称号，并授"模范奖章"一枚、"勇敢奖章"一枚、"毛泽东奖章"一枚。

沙素贞这个踏实、不爱说话而富于幻想的姑娘，总是以英雄人物为榜样，严格要求自己。她在生产上处处走在前面，在生活中时时体贴着别人。虽然她的年纪在姑娘中间并不大，可是大家都像老大姐一样尊敬她，跟着她。

工长看这群姑娘这么坚决，不好说服，最后只得说："我给队长说说看。"

队长也没有答应她们的要求，最后，姑娘们一直闹到了党支部。

党支部胡书记说："还是让她们去试试看吧！"

姑娘们上班了，这可引起了墩上人们的注意。

老领工员高胡子责问任工长："你们的男电焊工没有了吗？为什么派她们到水上来？"这是老人家在他一生修桥生涯中，第一次看到女电焊工在水上工作啊！

"你不要瞧不起她们,她们跟男同志一样棒呢!"任工长说话的神情很是自豪。

同志们注视着她们,赞扬着她们:"女孩子到水上来了,噢!不简单哪!"

姑娘们顺着层层淋满泥浆的木梯,走到30多米的江底,这是个多么新奇的世界啊!

电焊的白烟就像雾一样弥漫着,丛林般的钢筋在蓝光中闪烁,钢筋工、装吊工……各种工人在上下奔忙着。

姑娘们拿起焊钳,就在这最艰苦的地方放起光来,那既是电焊的弧光,更是青春的光芒。

汗珠流在眼里也没用手去擦它,上面滴下的泥水,滴在焊钳上,钳子漏电了,手一阵阵地麻起来,姑娘们同样顾不得。

她们在钢筋网中立着焊、蹲着焊,钻来钻去,搞得满身泥污。她们忙碌着把一根根钢筋接成一条庞大的钢龙,这是承载万吨钢梁的桥墩的骨头,要接不好它,那奇峰般的桥墩就立不起来。

她们谨慎地缝焊着,心中的兴奋赶走了劳累,一直干到深夜24时,下班了,可她们还不愿意离开。

姑娘们走出了桥墩,打着突击队的旗帜,站在下班的船上,饱览深夜工地的景象。

长江在这和平的夜晚欢畅地奔流着,在她的身上,一座座的星岛、灯山在矗立着,在日夜不息地成长着。铆钉枪的歌声特别清脆而嘹亮,它在祝福这座城市,祝福在这里彻夜劳动着的人们，祝福长江上的第一批女电焊工：你们是一支不怕风浪的鸥群。

在走回宿舍的路上，姑娘们有的累得抬不起脚来。在上黄鹤楼的台阶时，田淑芝一下子倒在王素琴的身上了。姑娘们把她架回了宿舍。

大家躺在床上呼呼地睡了一夜，第二天早晨，有的叫腿酸，有的叫胳膊痛，都累坏了。有人提议要建立个公约，就是"除了在宿舍里，谁也不准叫累"，因为这个秘密叫别人知道了，就再也不能到墩上工作了。

姑娘们到了水上，任工长更加照顾她们了，有难干的活，总是尽量让男同志干，干累了就让她们到墩上面休息。但姑娘们对这种额外的照顾总是不接受的，她们认为这是一种羞辱，是不光彩的。最初规定不让她们做夜班、星期日不值班，在她们恳切的要求下都取消了。

她们为了不落在男同志的后面，工作起来拼命地干，不管怎么累也不哼一声，有时工长就不得不对她们采取特别手段。

年轻的突击队员们提前10小时完成了五号墩承台的焊接任务后，七号墩的焊接任务更加紧张，领导上要求在10小时内完成。

女突击手们勇敢地接受了这个任务，在方圆10余米的桥墩内，集中了10多部电焊机。刺眼的焊光四处闪射，焊钳麻得手臂又酸又沉，但谁也不愿意休息一会儿。

任工长知道沙素贞的要强性格，就让她到墩顶上去看守电焊机。

"看它做什么?"

"电焊机坏了!"工长只得说谎。

沙素贞到墩顶看电焊机运转得很正常,才知工长是叫她出来换空气来了。不一会,她又投入了火热的战斗中。

姑娘们为什么这样热爱自己的职业呢?用她们自己响亮的豪言壮语说就是"做个电焊工匠"。

她们都是相当于高中二年级文化水平的知识青年,这样的知识青年要做个"工匠",是要经过一番努力的。

沙素贞在中学时代的地理课中,学到了祖国有这么多大江大河的知识。在这些大江大河的两岸,有许多道路不能通过,有许多城镇被它阻隔。

特别是当她了解了长江这条把祖国切为南北两半的大江时,她就想:"我要能做个修桥工人,在长江上架起第一座桥梁,那该多好啊!"于是她便确定了志愿。

1954年,沙素贞为了修桥,考入了电焊技工学校。可是她的妈妈还以为自己的女儿考上了什么大学呢。老人们都希望自己的儿女上了大学当干部,做工程师。

沙素贞了解妈妈的心愿,她在学校里找了一张电焊的照片,拿给妈妈看。

妈妈看到女儿未来的画像:头戴防护面罩,身穿硬邦邦的工作服,她惊呆了。

"穿这样的衣服戴这样的面罩,还像个姑娘吗?"

"不戴就会把脸烧坏的,妈妈!"

"那不行,不干这个,还是继续上学吧!"

"不,妈妈!我喜欢这个。你看,人家开火车的工人多好呀!"她跟妈妈说,"做电焊工,可以到祖国各地去,在长江大河上修起桥梁……"

姑娘们就是怀着这样宏大的志愿,走上"做工匠"这条道路的。

长江大桥落成了,这里凝聚着姑娘们的心血。

姑娘们还要把歌声传遍祖国的江河,还要把青春的、蓝色的火焰燃烧在每个修桥的地方……

苏联专家言传身教

整个工程中的每一个成就，都是和 20 多位苏联专家忘我的创造性的劳动分不开的。

工程局局长彭敏认为，专家们身上更为宝贵的东西，是他们用创造性的精神来对待工作，而不受陈规的限制和约束。因此，许多看来好像是无法解决的难题，都能在他们的不断研究中获得解决。

长江大桥工程局的职工们，对苏联专家们高超的技术和丰富的经验，都有极为深刻的印象。

人们还清楚地记得：1954 年当长江大桥刚开始进行技术设计的时候，由于长江水文地质情况特别复杂，用流行了 100 多年的"压气沉箱法"来解决桥墩基础施工问题，有着许多不可克服的困难。而更好的方法又找不到，因此，当时曾使技术设计陷于停滞。

以西林为首的苏联专家们反复研究了这一情况，他们根据苏联在地质工作中用大型钻机钻探和在桥梁工程中用"高桩承台"的经验，创造性地提出了用"大型管柱钻孔法"代替"压气沉箱法"的大胆倡议。

后来，长江大桥桥墩基础工程进行的情况证明，"大型管柱钻孔法"无论是从好、快、省，或从安全各个方面看，都比"压气沉箱法"优越得多。

专家们就这样出色地、创造性地解决了看来是无法解决的长江大桥桥墩基础施工问题。

长江大桥采用的是三联九孔的钢梁，全长1140米，看来就像一条巨大的钢铁长虹。杆件和铆钉的粗大，在国际桥梁工程中都是少见的。因此，在桥梁建筑中架设钢梁时经常采用的"拖拉法"和"浮运法"，在这里都难于适用。

根据这个情况，专家决定采用一种新的方法，即"伸臂拼装法"来解决架设难题。

但是，这种新方法所要求的精确度是很高的，如果铆合质量不合要求，架设工作就不能继续进行。这样，正确地解决铆合质量问题，就成了整个架梁工程中的一个关键。

如同所有重大的技术问题一样，解决铆合质量问题的重要环节，必须有一个完善的操作规程。但是，由于这里用的钢梁不是普通的钢梁，在中国无法找到一个现成的适用的规程。

后来，专家们从苏联要来了一个伏尔加河上著名的斯维特尔斯克大桥的钢梁铆合规程，这个在苏联算是完善的规程经过试验后，证明它在长江大桥上也不能完全适用。

这个难题并没有难倒苏联专家们。

经过几个月的钻研，专家们和中国工程人员一起，终于在利用斯维特尔斯克大桥规程的适用部分的基础上，根据自己的和中国工人宋大振等人的经验，创造性地制作出了一套新的规程，解决了铆合质量问题。

这里的职工也都一致赞扬苏联专家们在长江大桥工程中始终如一的忘我工作精神。

人们说：专家们把在这里工作看成是为他们自己工作一样，哪里有困难就到哪里去，毫不计较环境的艰苦。

苏联专家波良可夫身体不好，患有严重的心脏病。可是，他为长江大桥的建设，总是不分昼夜地工作着。

波良可夫是帮助进行钢梁的制造和架设工作的，他日日夜夜地生活在工地上和车间里。常常是这样：他在工地上或车间里工作到夜间十一二时后才去休息，可是第二天清晨四五时，人们又看到他出现在工地上或车间里。

有时，他由于劳累过度昏倒了，但当他刚好些后，就又不顾人们的劝阻回到了工地或车间。

人们曾多次劝他医好了病再工作，可是他总是说："不要紧，把桥建好了再住医院是一样的！"

在工地上，职工们还经常谈起专家戈罗托夫、柯斯金和切尔特可夫忘我工作的情形。

有一次，在还十分寒冷的二月天里，戈罗托夫和柯斯金等正在桥墩上指导工人下沉管柱。突然，江上乌云密布，一次少见的暴风雨袭来了。狂风掀起翻腾的巨浪，猛烈地冲击着桥墩工作台，寒风、冷雨吹打在人们身上。

转眼之间，专家和工人们的衣服都被淋湿了，雨水顺着帽檐、衣袖、裤管直淌。

工人们怕专家受凉，劝他们回到岸上去，但专家们都不肯回去。

切尔特可夫为了研究工人的经验，解决钢梁铆合质量问题，曾在钢梁拼铆工地上接连工作了5个夜晚。这样的事情，在长江大桥的工地上是很多很多的。

长江大桥工程局的中国职工们不但要把大桥建成，而且还要在建设过程中，学会全套建桥的本领。

苏联专家们把帮助中国职工完成这个任务看成是自己的责任。在各项工作中，他们总是毫不保留地把自己的经验传授给中国兄弟。

专家们帮助中国职工提高技术的方法，通常是上技术课。西林、卡尔宾斯基、戈罗托夫、吉洪洛夫和其他专家们，都曾用这个方法向职工们系统地讲授有关设计和施工方面的重大技术问题。这样，就使得大家能够全面地掌握建桥技术。

可是，仅仅是讲授有时还不能完全解决问题，还必须辅以具体的指导。专家们进行具体指导的主要方法是亲自示范和在工作中带徒弟。

例如，关于传授苏联先进经验"生产会议"的问题，虽然作了详细的讲解，但在实际运用时却往往不能得到理想的效果。主要的问题是：会议牵涉的问题过多，因而开会时间过长，而问题却理解不透。

后来，西林和卡尔宾斯基就召集全体专家开"生产会议"进行示范，让大家亲自看看怎样才能使会议开得短而又能解决问题。这样，职工们很快就学会如何开"生产会议"了。

以后，工程中有许多同题都是通过"生产会议"的形式得到解决的。

机械专家普罗哈洛夫和基础施工专家柯斯金，都是善于在工作中带徒弟而深受职工欢迎和喜爱的人。

普罗哈洛夫每天到现场工作时，总要抽出时间去帮助工地上的青年技术员和绘图员修改设计图纸，并且告诉他们为什么要这样做。

有时，青年技工在工作中遇到了困难，普罗合洛夫经过讲解后他们还不能解决时，他就穿上工作服亲自动手边做边教，直到大家完全学会为止。

在柯斯金的具体帮助下，青年工程师肖傅仁和钻工丘桢详曾多次改进了钻头的结构，对提高钻孔效率和节约材料都有很大的作用。

由于苏联专家们的耐心帮助，长江大桥的工程技术人员和工人进步得很快。数以千计的青年职工，在这个时期中变成了建桥能手。

西林说要把根扎在中国

1954年7月，苏联政府派遣28人专家组来武汉援助建桥，西林是组长。

这已是西林第三次踏上中国的土地了。此前，他曾两次作为桥梁顾问，来华与中国铁路建设者并肩战斗。

大桥设计阶段，遇到了严重的困难。面对水深流急的大江，初步设计的压气沉箱桥墩建设基础方案根本行不通。关键时刻，西林大胆提出了不仅在苏联，甚至在世界桥梁史上也从未用过的全新方案，即"大型管柱钻孔法"。在中苏专家慎之又慎的研究后，中国政府决定采用西林的方案。这份信任让西林备受感动，也使他备感责任重大。

他说："从此，我要把自己的根，扎在中国的土地里。"

建桥的日子里，西林日夜奋战在工地一线，不管是雨雪交加的冬夜，还是烈日炎炎的盛夏，哪里有险情有困难，哪里就有西林的身影。

大桥局为西林安排了宽敞舒适的专家招待所。西林嫌招待所离工地远，坚持搬到工地附近，和中苏技术人员、广大工人朝夕相处。

西林不会中文，一忙起来，他总爱用一句俄语"达瓦依、达瓦依"鼓励大家。

俄语"达瓦依"是"干"的意思。

中国工人于是送他一个绰号"达瓦依"。时间一长，很多人忘了西林这个名字，却都记得"达瓦依同志"。

长江上建桥是自古以来头一回，为世界所瞩目。作为桥梁设计者，西林的压力之大，是常人难以想象的。

西林常常夜晚起来，拉开窗帘看工地。如果他看到灯光不正常，或者听到钻机的声音停了，就会叫翻译打电话到工地问个明白。

西林后来到武汉访问时，他回忆说：

如果大桥出了问题，我们最轻的惩罚是进监狱，最重的……我只好在长江最深的地方跳下去。

1957年10月15日，武汉长江大桥竣工通车。周恩来亲笔签署感谢状，代表中国政府感谢西林对我国作出的贡献。长江大桥桥头堡的四面纪念碑上，用铜字铸上了西林等28名苏联专家的名字。

长江大桥成了武汉乃至中国人的骄傲，西林成了许多人心目中的英雄。正如很多生于1957年的人取名"建桥、卫桥、汉桥"一样，"西林"，也成了时髦的名字。

在西林家中，珍藏着许多中国朋友的来信。

一封信这样写道：

我的儿子恰巧是在大桥通车的那天生下的。为了纪念大桥通车……为了纪念和感谢您和其他苏联专家们的功绩，所以我准备把您，亲爱的西林同志的名字，永远记在我们全家人的心目中，我的儿子就改名叫西林。请允许我这样说，这完全是，而且绝对是对您的尊敬。

在西林的心目中，武汉长江大桥是他最珍贵的记忆之一。二十世纪八九十年代，中国对外友好协会曾多次邀请西林来华。每次问他的访华愿望，西林总是毫不迟疑地回答："我要去武汉，我要看我的'铁儿子'。"

1983年，西林来武汉访问。大桥局的老专家和老桥工们听说他来了，都赶来看望。20多年前年富力强的男子汉们，如今都已是古稀老人，大家泪流满面地拥抱在一起，相互倾诉心中的思念。

曾跟随西林多年的厨师赶来，坚持要"再为西林同志做一次饭"……

1993年5月，他又来到了武汉。站立在桥头，西林久久凝望着横跨大江的钢梁和屹立江中的桥墩，感慨万千："36年了，大桥经住了考验，以后也能经得起考验……"

卡尔宾斯基帮助施工

在武汉长江大桥的工地上，人们谈起工程上的每一个成就时总是说："都是由于苏联专家对我们无私的帮助而取得的。"

建桥的工人都把专家当做自己的"好师傅"；工程技术人员称专家为自己的"好教授"；政治工作者认为专家们不仅在技术上是头等的，就是在宣传鼓动工作上也是我们的好榜样。

具体帮助长江大桥右岸和汉水公路桥施工工程的专家卡尔宾斯基就有很多动人的事迹。

卡尔宾斯基同所有帮助中国建设的苏联专家一样，从来就把武汉长江大桥的建设工程，当做是自己的工作一样来看待的。

工作中有了困难，他同中国建桥工人一道主动去想办法克服。工作上取得了成绩，他也同中国建桥工人一道为胜利而高兴。他那崇高的国际主义的感情和他创造性的工作精神，也深深激励着我们，并给中国人民留下了难忘的印象。

在修建汉水公路桥的时候，为使水下基础工程在枯水季节抢出水面，卡尔宾斯基就花了不少心血。

首先，他从思想上帮助所有参加施工的人认识到水下基础工程的重要性。他对大家说：

　　汉水公路桥水中的墩子如果不在汛前抢出水面，等到洪水来了，基坑被洪水淹了，我们就不能完成国家交给我们的任务。所以，必须设法克服困难，要走在洪水前面。

　　为了缩短水下基础施工的时限，卡尔宾斯基想出了许多好办法。在打水下钢筋混凝土管桩时，他提出了放弃以往插一根打一根的老办法，采取了先进的流水作业打桩法。同时，他还建议两根管桩预先在船上拼接好再吊，结果使水下打桩的工作效率提高了很多。

　　在插钢板桩中，过去都是两片两片地往下插，再墩拼。这样做比较慢，而质量也不够好。同时，由于没有放油麻，经常有水从钢板桩的缝里钻进基坑里。

　　在这次插钢板桩时，他建议三片一连，事先在岸上拼好，同时，缝中放油麻。实际效果不但快，而且不漏水了。

　　有的工程师说："在修汉水铁桥时，基坑里有漏水现象，现在却可以穿着棉鞋到基坑里检查工作了。"

　　汉水公路桥水中三、四号墩，在卡尔宾斯基的直接帮助和全体工人的努力下，终于在洪水还未到来之前，像两个巨人一样，高高地矗立在汉水的激流中了。

　　卡尔宾斯基就是这样忘我地工作着。

一日下午,他从汉水公路桥三号墩基坑里出来,因急于给施工干部讲解修建桥梁的基本知识,一不小心,把脚扭了一下,于是他被送到医院里。

他人虽然在医院里,心却仍然在工地上。他经常把队长和工程师们请到医院里来研究工作,了解现场上工程进行的情况。

到了能够挂着拐杖走的时候,脚上的石膏绷带还没有拿下,他就坚决要求离开医院。在休养期间,他一刻也没有忘记工作。

除了随时了解掌握汉水公路桥的施工情况外,他还开始研究半年以后才能开始施工的长江大桥的七号墩。

他三番五次地研究着七号墩的地质情况,一面又详细编制1965年长江大桥右岸的施工进度表,有时深夜还不入睡。

"修桥必死人"这一句话,对于在旧中国多年参加桥梁建筑的人们来说,印象是很深刻的。有的人甚至迷信地说:"修桥不死人,桥是不会修起来的。"

卡尔宾斯基同志的看法却完全不同。他认为:"修桥必死人"是旧中国遗留下来的毒素,是一种有害的说法。他不止一次地向中国工程师们说:

> 人是社会主义国家里面最宝贵的财富。必须清除这种有害的思想,加强安全工作,以保证工人们的生命安全。

汉水公路桥开工不久，连续发生了几次工伤事故。专门负责技术安全的工程师是平生头一次干这项工作，业务不熟。看到有些工人违反技术安全操作规程，也不敢大胆地进行批评，经常埋头在办公室里拟条文。

卡尔宾斯基同志则帮助安全工程师做好他的工作，他建议安全工程师一定要打破情面。他说：

你的工作很重要，整个工地上的工人生命都要由你来负责。应该常到现场去看看，及时发现问题。在现场上现在宁愿挨工人的骂，也比你将来在追悼会上流眼泪强得多。

卡尔宾斯基同志很明白，要和不重视安全生产的现象作斗争，仅靠安全工程师一个人是不够的。为了动员群众都能够重视安全问题，他经常给工程师和施工人员上课讲解安全的重要性以及一些具体防护措施。

有时他还直接向工人讲解。他常常说："技术安全工作，人人都有监督权。"

卡尔宾斯基同志不是说过就算了，他还要以自己的实际行动做给大家看。在技术安全操作规程上，规定氧气瓶和瓦斯筒必须相距10米，以避免爆炸。

有一天，卡尔宾斯基同志在现场骤然看到氧气瓶和瓦斯筒相隔很近，他就马上让翻译同志找来两个掌管氧气瓶和瓦斯筒的工人。

他首先和蔼可亲地问两个工人:"有多大岁数了？有爱人和小孩没有？"

两个工人回答了他，说他们都是有爱人和小孩的。

卡尔宾斯基接着就以亲切的口吻说：

我希望你们能够活着，多给国家做些事情；我不希望你们的爱人失去丈夫，孩子失去爸爸。

两个工人看到专家这样关心自己的生命，心里很受感动。

卡尔宾斯基同志继续说：

最近听说某厂氧气瓶爆炸，炸伤了几个工人，希望你们以后要自觉遵守技术安全操作规程，不要发生类似事件。

从此以后，在工地上的氧气瓶和瓦斯筒不仅是相距10米，而且工人还给氧气瓶做了一个木盖，天热时还经常往上面洒水。

在长江大桥八号墩的施工中，自然条件虽比在汉水上差得多，但却没有发生任何事故。

在八号墩上，由于栏杆和跳板搭得很牢固，有的人说："我们的施工现场，来个乐队，在江心举行舞会也可以。"后来，在工地上，登高戴安全带已经成了工人的习惯。

卡尔宾斯基同志对于工人的创造，特别重视。他经常向队里提出，要制定一个合理化建议记录簿，随时记录工人的创造发明。

1955年2月，汉水公路桥工地上的木工领工员路凤山，根据他几十年的工作经验，特别是在修汉水铁路桥时，他感到在桥墩上安装模型板，都是一块块吊上去拼装，改正困难，质量也很难保证。

使人最伤脑筋的是在水中桥墩上安装模型板，都是高空作业，没有脚手架，人要贴在模型板的外面，沿着模带，趴在河心的墩子上工作。

人站在上面，从上往下看，看到河水急速地奔流，很容易头昏眼花，胆小的人都不敢上去工作。

路凤山来到汉水公路桥工地，就下定决心来改进模型板的安装。

有一次，他对工区里的工程师提出自己的意见：如果先把模型板在陆地上拼装好，一起吊上去，又快、又好、又安全。

工程师认为比一个木房还要长的大模型板，是不能吊上去的，当时就拒绝了老路的建议。

可是，老路并不死心，他和工人一起独自干了起来。

直到模型板快拼装好了，又被队里的工程师发现了。他看到一个比木房还要长的庞然大物，认定吊不上去，命令老路立即把它拆掉。

老路正在为难的时候,卡尔宾斯基同志知道了。当他晓得这是木工领工员的倡议后,他满腔热情地称赞老路大胆创造的精神。

他说:

> 如果成功以后,这对于将来应付长江上的大风大浪,有很大的意义。

第二天一早,专家、队长、工程师和老路在一起,彻底研究了老路的这一倡议。卡尔宾斯基不仅让中国工程师们帮助老路计算,并且对如何加固、如何计算,都提出了自己的宝贵意见。

在专家的热忱协助下,老路的倡议终于实现了。

9月29日中午,长江大桥八号墩钢围图第二次下沉工作刚刚结束,当工人们还没有来得及放下手里的工具和脱掉安全带的时候,站在指挥台上的高个子刘队长,从指挥台的桌子上,对着用红绸子包着的"麦克风",很兴奋地宣布:

> 八号墩围图二次下沉工作,在大伙的努力下,已提前10时5分完成任务……

刘队长的话刚说完,接着就是雷鸣一般的掌声。

刚刚平静下去，刘队长接着很激动地说："苏联专家不会讲中国话，他们要让我代表他们祝贺大家的胜利，并感谢大家……"

这几句话，使整个八号墩上的人们沸腾起来了，鼓掌声和欢呼声，早已把激流冲击在铁驳和围囹上哗啦、哗啦的声音淹没了。

工人和工程师都以感激的目光亲切地看着在指挥台上的苏联专家卡尔宾斯基，有的工人激动得几乎流出眼泪。

不知是谁在人群里说："我们还休息了一下，人家苏联专家两天一夜还没有合一下眼呀！"

还有的在说："还没见专家吃早饭哩。"

是的，专家从昨天早晨 7 时来到八号墩上，现在已是 12 时 30 分了。

在这 30 多个小时里，担任总指挥的中国工程师曾两次被专家撵下八号墩去休息。可他自己却始终没有离开八号墩，一直在聚精会神地工作着。

八号桥墩的围囹有 150 吨，是 3 个巨大吊船和 4 部电动绞车吊起来的。在起吊的过程中，绝不容许有一丝一毫的疏忽，如果有一个起重机发生了故障，就将会给工作带来很大困难。所以缩短在起吊过程中的时间，哪怕是一分一秒的时间，对于参加这次施工的人们来说，都是很宝贵的！

在这次下沉中，由于专家们的具体帮助，工程队取得了很大成绩。现在，专家反而向工人和工程技术人员表示感谢，怎能不使人鼓掌欢呼呢？

当暴风雨般的鼓掌声刚刚落下，播音器里紧接着播出了歌唱中苏友谊的《莫斯科—北京》的歌曲。

在歌声中，专家和建桥的人们在八号墩上，一起照了相，作为在八号墩上中苏友谊的留念。

武汉长江大桥，是东方第一座大桥。这座桥同时标志着已经解放了的中国人民和伟大的苏联人民之间的牢不可破的友谊。

中国人民和她的子子孙孙，将永远不会忘记日日夜夜战斗在长江和汉水上的苏联专家们！

三、攻坚战险

- 苏联专家组组长西林提出了采用管柱基础的建议方案，并获得铁道部批准实施。

- 潜水电焊员信心百倍地说："大桥桥墩修成后，水下还有很多角铁、槽钢需要清除，水下切割的用处可大啦。我们现在是哪里有障碍，便到哪里去烧割，又快，又好！"

- 殷副总工程师扶了扶他那副度数很深的近视眼镜，马上发布命令："继续加固墩台，并准备拔钢板桩！"

取消压气沉箱法

1953年拟定的武汉长江大桥初步设计,规定采用压气沉箱法施工。

这种方法是桥梁深水施工的传统方法,已有百余年的历史,当时还没有哪个国家能突破这种方法施工,在中国也曾多次采用,如1937年建成的钱塘江大桥基础即为木桩加压气沉箱基础。

所谓压气沉箱法,简单地说,就是用一个有顶无底的钢筋混凝土箱形结构,又叫沉箱工作室,在那样的箱子里进行大部分水下作业。

施工的时候,借助于输入的压缩空气,将这种沉箱浮运到桥墩施工位置,从上面浇灌混凝土桥墩,使之随着沉箱重量的加大而沉入江底覆盖层。然后,工人通过与水上连通的管道进入沉箱,挖掘、排除箱内泥沙,运出水面。

就这样一面挖掘、排除,一面使沉箱继续下沉,连续作业,直到沉箱沉到江底岩层,再用钢筋混凝土将沉箱填实,一座桥墩的水下基础才算完成。

在当时,压气沉箱法被认为是唯一可以解决正桥水中基础修建难题的方法。

但是,经过1954年桥址处地质勘探查明:岩层最低高程较初步设计掌握的资料要低 2.3 米，1954 年的洪水又较初步设计所定的最高水位高 1.45 米，使压气沉箱的水深已达 37 米至 38 米，而压气沉箱人工操作的临界深度为 35 米。

这样压气沉箱法面临着巨大困难：

一是用降低施工水位的办法来解决问题，由于一年内的施工时间不到 4 个月，不但总工期将被推迟，而且造价也会大大增加；

二是若在 37 米至 38 米水深下施工，由于沉箱工作室内的气压已超过了它的临界深度，这不仅违反了施工规则，而且更为重要的是不利于职工的健康；

三是沉箱施工所需要的大量沉箱工作人员，包括工程师、工人和医生，只是靠短期培训，在安全上是难以保证的；

四是由于七号墩碳质页岩中含有硫化物，并能产生亚硫酸有害气体，需要采取特殊措施；

五是若想把压气沉箱改为开口沉井，却又因在一个桥墩基础范围内的岩面高差一般均达 5 米，当沉井抵达岩盘时会有很大困难，安全上缺乏可靠保证。

修建大桥都要建筑基础工程，基础工程是每一座桥梁工程中最艰巨、最复杂、最重要的部分，而在长江上修桥要搞基础工程更是特别艰难。

长江水深流急，江面宽阔，涨水季节水深 40 余米，高低水位差最高达 19 米，高水位时期每年持续 8 个月。

江底泥沙覆盖层又深浅不一，最深的达 30 余米。覆盖层以下的岩层，地质结构复杂。

因此，采用什么方法进行水下基础施工，是一个难以解决的课题。

在此进退维谷的处境下，苏联专家组组长西林提出了采用管柱基础的建议方案，并获得铁道部批准实施。

于是，原定的压气沉箱法便被取消了。

试验成功管柱钻孔法

1954年7月,苏联政府派出以西林为首的一批桥梁技术专家到武汉,任务是在技术上协助中国武汉长江大桥的施工。

苏联专家组组长西林是专攻桥梁水下基础的专家。他曾经从一批缴获的德国桥梁技术档案中,发现了一个德国工程师对深水基础施工的设想——这便是管柱钻孔法的雏形。

这个设想引起了西林极大的兴趣。他作过一些研究后,就立即摒弃陈旧的沉箱法。

自从桥梁水下基础专家西林被苏联政府任命为武汉长江大桥苏联专家组组长后,他深知责任重大,便把自己的全部精力都用在武汉长江大桥的新的施工方法的研究上。

经过广泛的调查研究,西林在国内已成功找到能使管柱与江底岩盘紧密结合在一起的方法。虽然还没有机会进行试验和付诸实施,但他对在武汉长江大桥建设中采用"管柱钻孔法"进行基础施工的可行性,早已作出了肯定的判断。

西林提出这个大胆的施工设想后,得到了中国领导人的支持和鼓励。

专家们抵汉后，中苏两国桥梁技术专家便开始对新的施工设想进行酝酿探讨。

经过4个多月的研究和考察，充分证实了新方案的优越和旧方案的不足。

在获得铁道部批准后，长江大桥工地于1955年1月开始试验工作。

从冬天到夏天，建设者们孜孜不倦地进行了6个多月的试验。为了试验，他们在长江中还特地修建了一个临时性的"试验桥墩"。

在那进行试验的艰苦日子里，日日夜夜在长江上栉风沐雨的苏联专家和中国建设者们并肩携手，解决了一系列层出不穷、令人烦恼的技术问题，揭开了世界桥梁史上新的一页。

终于，在武汉长江大桥工地上，先进的"管柱钻孔法"问世了。

所谓"管柱钻孔法"，顾名思义，就是首先把一种大型钢筋混凝土空心管柱直接沉到江底的岩层上，然后掏尽管柱里的泥沙，接着在岩石上钻孔，钻完孔后，用钢筋混凝土将其填实，使之牢固地与江底岩层凝结起来，最后，再在上面筑墩、架桥。

这种施工方法有许多优点：不受河床岩层性质和形状的影响；浮运工作简单，施工机具需要减少；工程量小、造价低。

而且最妙的是，它恰好是针对武汉这一段长江的特点和地质情况来的。在武汉这一段长江上，不管水位高低，不管泥沙深浅，也不管岩石性质及其形状如何，全年都可以施工，反正把管柱插进去钻孔、填实就是了。

还有，全部施工都可以在水面上作业，这就大大地改善了劳动条件，大大地加快了工程进度。

另外，这种施工方法，还可在水利和其他工业建设上广泛运用。

专家们在试验过程中，还摸索出了一套有效的操作工序，创造出一批相应的强有力的施工机具。

管柱基础桥墩诞生

大桥施工后,铁道部又先后从兰新铁路、宝成铁路和上海铁路管理局等10多个单位调来支援长江大桥建设的技术人员和工人2000多人,与原先调来的工人和技术人员以及苏联专家一起,组成了一支建桥大军。

桥梁工程由武昌、汉阳两岸向江中同时推进。工地分为两处:汉阳岸为一桥处,武昌岸为二桥处。

工地上热火朝天,一片繁忙的景象。

原定于1958年建成通车,但在铁道部的指导与苏联专家的帮助下,长江大桥工程局党委领导全体职工按照"全面规划,加强领导"的方针,认真研究几年来的经验及当前的条件,挖掘丰富的不断生长着的潜力,于1955年四季度适时提出口号:

提前一年建成武汉长江大桥!

1955年12月底,水中的8个桥墩已经有6个开始施工了。其速度之快,质量之好,不仅使中国建设者们感到惊讶,就连见多识广、经验丰富的苏联专家们也赞叹不已。

这些桥墩或下围囹,或插打钢板桩,或下管柱,或在钻岩。机械的隆隆声，吸泥机吐水的哗哗声，装吊工吹笛指挥的瞿瞿声，木工斧锤的嘭嘭声……奏出了一曲曲令人振奋的交响乐。

到 1956 年春，武汉长江大桥 8 个桥墩的施工已经全面展开。

在武汉长江大桥的 8 个水中墩，除七号墩采用直径 0.55 米打入管桩基础外，其余 7 个桥墩全部采用直径 1.55 米的钢筋混凝土管柱基础，而且每墩分别建造管柱 30 到 35 根制动墩。管柱钻孔嵌入岩层深度为 2 米至 7 米不等，全桥共用管柱 224 根。

在管柱基础施工时，曾大量利用汉水铁路桥和江汉桥的一些首创施工方法与施工技术，如联体导向船浮式施工平台技术、大体积水下混凝土封底技术、深水打桩导向定位技术与围堰清基吸泥技术等。

上述这些技术，对于管柱基础方案的构思与实现都是不可缺少的。

未采用管柱基础的七号墩的基底，经勘察探明为破碎的碳质页岩，并夹有坚硬的燧石碎块，桥墩范围内岩面高度差达 6 米，河床没有覆盖层。

为此，1954 年工程技术人员曾经考虑采用 40 厘米 × 40 厘米 H 型宽翼缘钢桩方案。

由于当时国内尚不生产 H 型钢，在 1955 年进行了下沉直径 55 厘米钢筋混凝土管柱的试验，通过 4 根试桩证明：下端用加强锥形钢桩尖，在沉桩时用锤击配合高压射水冲刷，可打入页岩19米；敞开桩靴用射水吸泥及锤击交错的方法，能打入页岩18米。因其效果良好，故在技术设计中，采用了直径55厘米的钢筋混凝土管柱基础方案。

1956年2月22日，第一号桥墩露出了水面。

1957年3月，大桥正桥桥墩全部胜利建成。

这一成功，标志着管柱基础这一新型基础形式的正式诞生。

管柱基础桥墩不仅解决了武汉长江大桥建造的具体难题，而且从此改变了我国不能修建深水基础的技术落后的局面。

潜水工完成水下切割

陆上的电焊是一项引人入胜的专门技术，那么水下切割又是怎么回事呢？

1955年6月初，胡海林、徐贤业、谈云彪等集中到黄鹤楼下来学这门特别技术的时候，由于某种条件的限制，领导始终无法提供电焊机让他们实习。

拖到9月里，八号墩第二次下沉围图需要"水下切割"，领导才调来一部电焊机，要他们在三四天内学会这门技术参加工作。

尽管这个规定并不合理，时间也很紧迫，大家仍然兴冲冲地轮流下水去实践。

由钳工转业的谈云彪，一双手真是灵巧，他头次下水就搭上了火。一股红光立即划破了水下的黑暗，水面上也浮起许多蓝色的气泡。

这时，他从铜盔的镜面望去，那在陆上刺得人眼睛疼痛的白色电弧光，在水里只是团暗淡的红光，他的两手被电流麻得像烫伤了一样疼痛，并且闻到一股铜锈味，很难受。

但是机会难得啊，谈云彪仍然坚持着在水下烧了几根焊条，估计铁板已经烧穿了，才浮出水面。

上来一看，两只手好端端的，没有丝毫损伤，但是在那不到 7 厘米厚的铁板上，只烧了一道不长的槽子，槽子里有些麻点似的小洞，并没有像方才在水下想的那样完全烧穿。

大家正在琢磨为什么不能把铁板烧穿，机智的胡海林首先找出了原因，想出了办法。

原来，是湍急的水流将手冲得不能固定在一个地方烧，加上大家对电焊又不是很熟练，自然很难将铁板烧穿。

于是，他们想办法做了个木框子，让焊条沿着木框边缘烧，这样火力就集中了。

徐贤业和一个姓陈的工人又同胡海林一起研究，索性做了个木头的空心槽子，将焊条搁在槽子里烧，就不容易晃动了。

最初，有人还不相信这办法能行，胡海林便带着木头槽子下水去了。

这时，大家都静静地望着水面。一会儿水里冲出许多气泡，这表明他开始烧割了。

过了四五分钟，大家又忍不住，都围着电话员喊："怎么样了？你问问老胡，怎么样了？"

电话员怕分散水里胡海林的注意力，急得直摆手，要大家莫吵。

正在这时，电话员忽然笑了。

大家急问道："怎么样了？"

"他说角铁割开啦！"

大家马上又挤到水梯旁边去,等老胡上来。胡海林刚上来,大家就抢过角铁去传看。

有的说:"真是跟刀切的一样,这么平整!"

有的说:"行了,水下切割有办法啦!"

胡海林卸下头盔后,高兴地说:"只烧了半根焊条就割开了。"

过去,他们在江汉桥锯几厘米粗的钢筋,不知弄断了多少锯条,费了多少周折,最后才做到一个多小时锯断一根。可是现在,只用四五分钟,只用半根焊条,就割开了一根角铁!这是多么令人兴奋的事啊!

但是,当他们实习了两天,刚学得有点头绪的时候,八号墩围图不需要水下切割了,第二桥梁队又将电焊机调走了。领导也没办法。

于是,这些人一边工作,一边还在思念那迷人的水下切割。

一天,临时外出帮助电厂工作的胡海林回来报告了一个消息:"对岸龟山脚下的二号墩钢板桩拔不动,把钢板桩上的眼子都拔坏了,现在要在水中重烧眼子再拔,把电厂临时雇的上海潜水工都请去了。"

大家一听就急了:"为什么去请外边的潜水工,也不让我们做呢?"

当天夜里,他们就决定让老孟和谈云彪过江去探听消息。

他两人一过江,刚走到机械经租站,就看见江边站着许多人。苏联专家普罗哈洛夫也在那里观看，有人在浅水处试验水下切割呢。

他们仔细打听，才知道二号墩工程很急，一下子又找不到会这门技术的人，领导便决定让陆上的电焊工来学水下切割。

谈云彪一听就不以为然：电焊工学会了，又不会潜水，也下不了深水啊？

谈云彪没说话，只是气鼓鼓地站在旁边观看，看见有的能烧出几个麻点来，有的连麻点也烧不出。

专家见他们俩站着没动，叫他们也下去试验试验。

谈云彪下水去了，老孟在船上掌握机器开关。

谈云彪这时在水中一边回忆过去实习的情形，一边省着力将手掌稳，不让焊条晃动。

他第一次就烧出了个月牙形的口子来，烧得满透满整齐，谈云彪高兴极了。

有的人见他成功了，也抢着要去再试，他也不同别人争，把电焊刀交出去了。但是专家不同意这样做，要他再烧。

结果，他又继续烧了个半圆形的口子。

这时，苏联专家亲自去关了电门，问他们还有多少人会这项技术。

正在兴头上的谈云彪马上就说："还有很多。"

专家又让他们列出名单来，明天就来参加工作。

老孟仔细一想，上次实习的人倒不少，但会的人并不多，像胡海林这样的人，又临时出差了，便只写下了他二人和徐贤业的名字。

第二天，第二桥梁队强调工作忙，不愿意放徐贤业走，只让老孟和谈云彪去报到。

专家一见他们就兴冲冲地说："都来了？我要同你们每个人握手，预祝你们工作成功。"

结果发现少了一个人，老孟只好实说。

经专家提出意见，领导马上派了个人专门带着工程局的命令去将徐贤业接过江来了。

由他们三人同临时聘请的上海工人一起，分成了两班工作。

谈云彪首先沉到水里两米需要烧眼子的地方去试了试。头上脚下都是水，钢板桩也是笔直的，没个落脚处，使不上劲儿，他便上来要求做个脚手架。

苏联专家马上亲自绘了图。

桥队的政治委员也指示食堂供应他们好菜好饭，保证他们有足够的营养。

一见专家和领导都这样支持，他们又高兴，又紧张，害怕自己完不成任务，延误工期。

果然，过去试验每次下水的时间都很短，而现在正式工作一次得连续在水里工作三四个小时，双手都麻得就像烫掉了似的，铜锈味也刺得人很难受。

体质差点的老孟下水后不久就顶不住了，慌忙中没注意氧气烧完了，白热的焊条溶液没有吹散，淌下来烧坏了自己的手。

谈云彪和徐贤业便轮流多下几次水，把老孟落下的工作赶出来。

他们两人一心想让二号墩钢板桩赶快拔起来，忍受着身体的痛苦，终于找出了提高效率的办法。

最初，他们将焊条在圆圈内东烧一下，西烧一下，费时间，也费焊条。后来他们将焊条沿着圆圈一点一点地移动。头根焊条把周围烧一圈，第二根便复查没烧穿的地方，一个眼子很快便烧成了。

工作一有了窍门，身体的痛苦也没有了，他们完全沉浸在工作的欢乐中了。这样一来，头一班便烧成了8个眼子，接着又逐步上升，最高达到10多个眼子。

后来，上海来的工人也追了上来。

就这样，二号墩钢板桩的水下切割任务，几天之内便完成了。

接着，洪水来了。位处长江主流的七号墩被洪水冲得很厉害，需要赶快将冲坏了的"外导环"和淹没了的"靠把"烧割掉，才好加紧施工。

在湍急的水流中去烧割，人累得直淌汗，而铜环烧断时还有股弹力，稍不注意，人就会被弹到主流中冲走，非常危险。

临时代理领队的徐贤业便找胡海林、谈云彪研究，把原来每道环烧割成两段的计划改为割成三段，减少铜环的弹力。同时，他还要大家在下水之前看清水势，站在流水不急的地方,防止被冲走。

结果,他们三人轮流下水,很快便完成了烧割"外导环"的任务。

在第二次烧割"靠把"时,水涨得很急,一分钟、一秒钟对七号墩都很宝贵。谁知大家切割完"靠把"的角铁上岸吃饭去后,"靠把"还吊不起来。

这时,徐贤业急得饭也顾不上吃了,马上沉到江中去摸情况。

他弄清还有两根角铁没有割断后,又带着电焊刀和焊条下水去切割。很快,"靠把"也就吊起来了。

后来,他们三人都被评为先进生产者。

他们兴高采烈又信心百倍地说:"大桥桥墩修成后,水下还有很多角铁、槽钢需要清除,水下切割的用处可大啦。我们现在是哪里有障碍,便到哪里去烧割,又快,又好!"

抢险保住七号桥墩

武汉长江大桥的七号桥墩正当长江主流，水最深，流最急，所以它修得特别高大，施工方法也与其他几个桥墩不同。别的桥墩都只下沉30根左右的大型管柱，七号桥墩却要将116根细长的管桩打到江底岩层的里面去才行。

在这里施工，一开始就遇到困难，有些管桩遇到坚硬的岩层，打一根断一根，断了还得拔起来才能重打。

钢板桩也被激流冲得插不到固定的位置上去，工程进度落下了一个多月。

1956年的洪水提前了将近一个月来到。从5月5日起，水位就直线上蹿，到5月下旬便涨到24米标高，比1954年同期水位高出1米多。

急涨的洪水日夜冲击着七号桥墩，穿过七号桥墩的将近40米深水的管桩，都被激流冲得颤动不已。

苏联专家作了个计算：江水涨到26米标高，流速为每秒3米时，如果七号桥墩还没有打水下混凝土封底，随时都有发生危险的可能。

要是七号桥墩一出危险，不仅会影响大桥不能提前通车，而且很难在短时期内修成。

当时，全局都紧急动员起来了。

局长亲自掌握七号桥墩工程每天的进度。

三位苏联专家和桥队的副总工程师都日夜轮流在7号桥墩上值班。

他们又采取了紧急措施，加固了围囹和管桩，解决了管桩打入岩层的困难。钢板桩也下插得很顺利。

6月14日这一天，七号桥墩围堰再插几套钢板桩就合拢了。

这天没有雨，也没有风，浮云不时地遮住了照耀着江水的阳光。江水还在不断上涨。

分别担负左右两边插钢板桩任务的徐林山和孙家言两个工班，都暗地里鼓着一把劲儿，要比赛谁插得又快又好。

在墩上值班的殷万寿副总工程师，见工作很顺利，也退到值班室去写下一步的施工组织计划去了。其实这个值班室，也就是墩上的一个小屋子。

上午10时，徐林山工班的工人们见右边的钢板桩还差一套就合拢了，不禁加快了速度，要加把劲儿赶上去。

当他们正吊起一块钢板桩要往下插的时候，突然一声巨响，40多套插好了的钢板桩和100多吨重的钢围囹都在乱晃动。

紧接着，就听见领工员在大叫："不好了，洪水把钢板桩冲垮了！"

殷副总工程师闻声从小屋里赶了出来，只见洪水在右边合拢处冲开了一个缺口，一个个相互扣紧了的钢板桩就像被拉开了的篱笆一样往外倾倒。

顿时，一个可怕的念头从人们的心头闪过：七号桥墩冲坏了，大桥就不能提前通车啦！

有谁见过这有七八层楼高的钢板桩被激流冲垮的现象呀！

殷副总工程师和许多工人都被这意外的事件惊呆了，什么都不能想，也想不到，只是退到囤船上去望着这洪水冲开的缺口发愣。

在七号桥墩前面，江水顷刻间形成了一道激流，哗哗地冲击着倾倒了的一部分钢板桩，又在四周溅起混浊的浪花，眼看洪水还可能将没有倒的钢板桩一起冲垮。

这时，徐中鲁领工员和徐林山工长表现了高度的机智，他们率领本班工人冒险攀到那些没有冲垮的钢板桩顶上去拴千斤绳，将钢板桩拴到加固了的管桩群上。

果然，刚拴好不久，洪水又将钢板桩冲动了一下，幸亏千斤绳绷紧了，钢板桩才没有被继续冲垮。

苏联专家组长西林乘着汽艇赶来了。

前几天划破了脚的彭敏局长也瘸着腿赶来了。

当他们弄清现场情况后，专家西林马上就说："不要紧。赶快把坏了的钢板桩拔起来，另外再插。"

殷副总工程师说："不行啊，没有钢板桩了。"

"有，三号桥墩有，他们现在用不着。"

"啊！"殷副总工程师扶了扶他那副度数很深的近视眼镜，想到三号桥墩的钢板桩是他在那里准备下的啊，有整整两船。他马上发布命令:"继续加固墩台,并准备拔钢板桩!"

钢板桩一共冲坏了8套,有的竟扭成油条似的了,很难拔。

当第一套钢板桩拔起十六七米的时候,已经是深夜了。沿江的万盏灯火都先后熄灭了,天空一片漆黑,远处什么也看不见,只听见汹涌的江水万马奔腾般的吼声。

这时,在银色的探照灯光照耀下的七号桥墩水上工地又出了问题:钢板桩有38米长,而75吨大吊船的扒杆只能吊高十七八米,拔起来的钢板桩被扒杆顶住了,必须将捆扒杆钩子的千斤绳卸掉,让钩子再吊住下边的地方继续抢险。

但是,怎么上到这三四层楼的高空去解绳呢?大家望着高空直说:"怎么办呢?怎么办呢?"

平日很少说话的艾耘书,他是一个干了六七年的装吊工,这时向工长说:"我上去!"

工长望了望他那矮壮的身体,又望望高空,反问道:"怎么上去?"

"坐另外一只吊船的吊钩上去。"

当艾耘书乘着吊钩升到高空以后,他马上挂好安全带,用膝弯夹住钢板桩顶上的槽子,开始工作起来。

深夜里升到半空中工作,已经够困难了,而这时江上又刮起了风,风浪推着钢板桩来回摆动,每次摆三四米远,有时还碰着吊钩,"咕咚咕咚"直响。

艾耘书便像打秋千似的在高空随着钢板桩晃来晃去，随时都有被震下来的危险。

在下边望着的人，都不禁为他捏了把汗。

艾耘书的膝弯被钢板震得很痛，但他一点不敢松劲，他心里明白：在这样的时刻，只要精神稍一松弛，或者向下面的激浪望上一眼，便会头晕目眩，手脚发僵，招致不可想象的后果。他仍然集中精神，一手把牢钢板桩，一手去卸卡坏，解千斤绳。

10多分钟过去了，第一个卡环卸掉了，第二个卡环却怎么也卸不掉，千斤绳也卸不下来。工长这时焦急地用两手围在嘴边向上喊道："赶快下来——"

"还有个卸不掉。"

"把千斤绳松开一头，让钩子脱掉就行了。"

又过了一阵，艾耘书把钩子卸脱后，便抓住吊机上的一根钢丝绳，像猴子一样灵巧地滑了下来。

7月1日，钢板桩围堰又该合拢了。

但是，最后的一块钢板桩被卡住了，拖了三四个班也还插不下去。

这时，气象台又预报说："大风很快就要到了。"

长江的风浪是很有名的。大风一起，平时表面平静的江上立即就波涛翻滚，掀起小山般的巨浪，十分险恶。许多船只都事前躲到僻静处去了，轮渡也不开航。

如果不在大风前将围堰合拢，狂暴的风浪又可能在合拢处冲开缺口，造成第二次重大事故。狂风将至，真令人万分焦急。

这时的关键是，马上查明钢板桩插不下去的原因，然后立即采取措施。

殷副总工程师的意见是：旁边的异形钢板桩打到江底岩层了，所以插不动。

有些人又认为是水中有障碍物，所以插不动。

两边的争论相持不下。措施不能决定，所以潜水员必须下去摸情况。但是，水深约40米，谁能让潜水员下去冒生命危险呢？

潜水员徐贤业主动要求下水去了解情况。

殷副总工程师还怕他出危险，嘱咐他只在中间摸摸，看看有没有障碍物就上来。

徐贤业下潜后在中间摸了摸，没有什么障碍物。正准备浮上来，忽然一转念：到底是哪里出了问题，还没弄清楚啊，大家都等着要情况呢！他又沿着钢板桩下沉到江底去了。

下沉到水中去，每下沉10米，每平方厘米的面积就要增加一公斤的压力。压力增加到3.5公斤，人的身体就很难忍受。许多新学的潜水员第一次下到十六七米的深水中去，也头昏耳鸣，鼻孔出血，很难适应这个变化。

尽管徐贤业已是比较熟练的潜水员，身体又很健壮，但当他一沉到40米深的江底以后，马上就头晕脑涨，神志有些不清了。

船上的人了解这样做有多大危险，连忙用电话通知他赶快浮上来。

这时，徐贤业在水底歇了歇，仍然一边注意着不让激流将自己冲跑，一边用手在混浊的江底摸来摸去。他终于摸清楚，确实是旁边的异形钢板桩插到岩层去了。

当他慢慢浮出水面后，船上的人还在替他担心："这样可危险啦！"

他说："钢板桩合不拢，七号桥墩怎么办？"

水里情况一摸清楚，大家立即采取措施，围堰就顺利地合拢了。

7月8日，施工队开始打水下混凝土封底。

尽管江水已经涨到25.9米标高，还差一小段就达到了最危险的水位。但是，工人们又将三次混凝土改为一次打，日夜不停地往下灌注混凝土。吃饭也是轮流去买两个馒头夹点咸菜回来，边吃边工作。

经过4个昼夜的连续灌注，一座20多米高的混凝土桥墩基础便像磐石一样屹立在激流里了。

七号桥墩终于抢到了洪水前面，脱离了险境！

毛泽东关心大桥建设

1952年初,铁道部讨论了武汉长江大桥的桥址方案后,毛泽东随即来到武汉,实地查看桥址。毛泽东同意修建武汉长江大桥,也同意铁道部的桥址方案。

1956年,大桥施工期间,毛泽东多次来到武汉视察大桥工程,并在第三次畅游长江后,写下了气势磅礴的举世名篇——《水调歌头·游泳》。

才饮长沙水,又食武昌鱼。
万里长江横渡,极目楚天舒。
不管风吹浪打,胜似闲庭信步。
今日得宽余,子在川上曰:
逝者如斯夫!
风樯动,龟蛇静,起宏图。
一桥飞架南北,天堑变通途。
更立西江石壁,截断巫山云雨,
高峡出平湖。
神女应无恙,当惊世界殊。

一天清晨,大桥正在紧张施工中。毛泽东来到武汉视察大桥工程,负责同志问:"是岸上看,还是水上看?"

毛泽东说:"水上看。"

毛泽东乘坐"武康号"轮船,经汉阳晴川阁上行,从二、三号桥墩间穿过,驶到鹦鹉洲附近的江面后,又折回下行,从三、四号桥墩间穿出。

此时,武汉长江大桥的水中桥墩已经全部建成,钢梁从汉阳岸边向江中延伸。

毛泽东在船舱里一面听取汇报,一面翻阅资料、插话、提问、发表意见。最后,毛泽东对建设的进程表示满意。

1956年4月苏联部长会议第一副主席米高扬,在参观了武汉长江大桥后留言:

中国工程师和苏联桥梁建筑家们的合作,在这一伟大的建筑中做出了很好的成果,这个成果的取得是空前未有的中苏技术合作的象征,光荣属于中苏建筑桥梁的工程师和工人们。

越南人民领袖胡志明主席,在参观大桥时,他兴奋地说:

长江大桥不仅是贯通中国南北的桥梁,它还是贯通河内—北京—莫斯科的桥梁。

1956年10月13日,印度尼西亚总统苏加诺,在陈毅副总理的陪同下参观长江大桥工地，看到大桥工地宏大的场面，苏加诺很是振奋，他极其热情地赞扬了这一伟大工程，临走时特地为大桥题词：

  建设大桥，建设未来——光辉灿烂的未来！

  1957年9月6日，毛泽东又一次到了武汉，他却改变了原定日程——他要走过长江去！此时，武汉长江大桥已经建成，正在进行桥面装饰。

  18时许，脚穿布履、身着灰色中山装的毛泽东从汉阳桥头堡处走下车来，往正桥桥面走去。

  在大桥上，毛泽东一面俯瞰武汉三镇，一面细心询问大桥工程情况，还指着江心询问修复黄鹤楼的情况。

  毛泽东关切地问大桥局负责人："有苏联专家在这里可以修这样的桥，如果没有可以修了吗？"

  大桥局副局长杨在田回答："可以修了。"

  "真的可以修了吗？"毛泽东又追问了一句。

  "确实可以修了！"杨在田充满信心地回答。

  毛泽东从桥上信步而过，看见有一排栏杆上漆着不同的颜色。

  大桥局负责人解释："这是让武汉人民来挑选，看用什么颜色好。"

  毛泽东笑着称赞："这就是走群众路线嘛。"

  大家便问毛泽东哪一种颜色好。毛泽东笑着指指蓝天、又指指江水。大家明白了:"落霞与孤鹜齐飞,秋水共长天一色",桥栏应选用与天、水颜色相和谐的色彩。

后来,桥栏漆为银灰色,沿用至今。

当到了武昌桥头堡的凉亭处休息时,一位领导将一本《武汉长江大桥工程》画册递给毛泽东,并说:"这本书里有一封信,是建桥全体职工给主席的。"

毛泽东高兴地点头收下。

陪同领导同志又拿出纸和笔请他题词,毛泽东认真地说:"这可要好好想一想。"

然后,他高兴地和大家握手告别。

几天后,毛泽东派人送来了题词:

一桥飞架南北,天堑变通途。

1957年9月,武汉长江大桥全线竣工。

武汉长江大桥的建成通车,从此结束了中国南北交通不畅,火车过江须通过轮船摆渡的历史。它使平汉铁路、粤汉铁路变成了畅通的京广铁路,使新中国的经济发展驶上了快车道,开创了万里长江建设公铁两用桥的新纪元。

四、胜利竣工

- 国务院以王世泰为主任委员的大桥验收交接委员会检验，结论为："大桥稳定性高，冲击系数低，完全符合设计要求。"

- 1957年10月15日15时15分，一辆机车挂着两节车厢高鸣着汽笛，跨过了大江，穿过古黄鹤楼，由此，沿着蛇山山腰，一直向南，向南！

- 郭沫若为武汉长江大桥写诗道："就让我不加修饰地说吧：它是难可比拟的，不要枉费心机，它就是，它就是，武汉长江大桥！"

举行大桥通车典礼

1957年9月25日,武汉长江大桥全部完工,并于当天下午举行正式试通车。

9月下旬至10月上旬,国务院以王世泰为主任委员的大桥验收交接委员会检验,结论为:

大桥稳定性高,冲击系数低,完全符合设计要求。

10月14日,在汉阳岸桥头堡大厅举行验交签字仪式,王世泰宣读验收结论,并代表验收委员会批准大桥交付使用。

大桥局局长彭敏代表交方、郑州铁路局副局长耿振林代表接方在交接书上签字。

1957年10月15日,武汉长江大桥正式通车。

本来应该在10月1日国庆节举行大桥竣工庆典,但却安排在10月15日,主要就是考虑治安秩序和公共安全以及大桥的荷载。

10月15日这天是星期二,事先估计不会有太多的人,结果桥上还是上了3万多人,围在大桥两端观看的有近百万人,武汉市那时的总人口是200多万。

上午，5万多人在武汉长江大桥举行了隆重的落成通车典礼。

武汉市人民几十年来的愿望实现了。长江大桥，被装饰得格外美丽壮观。

清晨，参加大桥落成通车典礼的人们，穿着华丽漂亮的服装，手里拿着一束束鲜花，渡过长江，跨过汉水，沿着龟山和蛇山，源源不断地来到武汉长江大桥桥头。

长江大桥四周的龟山、凤凰山、蛇山，沿着长江的两岸，汉阳建桥新村的街道上，莲花湖畔和武汉三镇高大的建筑物上，都聚满了人群，等待着大桥正式通车这个伟大时刻的到来。

整个城市都沉浸在浓厚的节日气氛里。

广播电台随时向全市人民播送着武汉长江大桥通车的消息，全市200万人的心都飞向了即将通车的武汉长江大桥。

在汉阳桥头铁路路面的落成通车典礼主席台附近，电影摄影师和摄影记者们，几天以前就已经在这里选好了角度。

聚光灯、长江大桥通车典礼现场广播电台的转播台和录音机，前两天已经安装好了。

参加这次采访的中外记者200余人，都在这里严阵以待。

9时30分，落成通车典礼的前奏曲——桥头音乐会开始了。

听吧！歌颂长江大桥、歌颂共产党、歌颂毛主席、歌颂建桥的人们和歌颂中苏友谊的嘹亮的歌声，响在长江的上空。

10时许，武汉长江大桥落成通车典礼筹委会主任谢滋群，宣布武汉长江大桥落成通车典礼开始。

霎时间，鞭炮声、乐曲声和欢呼声，震撼着大江两岸，回荡在天空中。

站在龟山和蛇山上的人们挥舞着鲜花，使龟蛇二山显得更加年轻、美丽、活泼。

一架飞机出现在桥的上空，散发传单。

大型的彩色气球，带引着巨幅标语：

庆祝武汉长江大桥落成通车

中苏友好合作万岁

这些巨幅标语升上了长江的上空。

国务院副总理李富春专程从北京来汉参与了武汉长江大桥的剪彩，并发表了讲话。

李富春说：

长江大桥的建成，是社会主义政治制度和经济制度有无限威力的一个标志……

武汉长江大桥的建设得到了苏联政府和苏

联专家的热情帮助。武汉长江大桥的建成，是中苏两国人民伟大友谊的又一标志。

一时间，鞭炮声、乐曲声和欢呼声再次掀起高潮。

在李富春讲话之后，武汉长江大桥验收交接委员会主任委员、国家建设委员会副主任王世泰，铁道部部长滕代远，苏联运输建设部部长科热夫尼科夫，湖北省省长张体学，武汉市副市长王克文，武汉大桥工程局苏联专家组组长西林和武汉大桥工程局局长彭敏都分别作了讲话。

王世泰代表武汉长江大桥验收委员会简单地报告了验收的过程和结果。

他说：

> 大桥工程设计是最完善合理的，正桥钢梁桥墩工程质量优良，引桥铁路联络线、公路联络线等工程质量良好，可以交付正式使用。

滕代远在讲话中，除了向湖北省、武汉市党政领导部门，中央各部门兄弟企业表示衷心的感谢外，并向苏联政府、苏联人民、苏联专家、苏联铁路员工和建桥全体职工致谢。

接着，滕代远还勉励建桥职工戒骄戒躁、继续努力、学习苏联先进经验，在已经取得胜利的基础上，发扬光大、继续前进。

张体学说：

> 大桥的建成，在全省范围内将会进一步加强城乡互助，密切工农业关系，进一步巩固工农联盟。

王克文在讲话中，号召武汉市人民都自觉地爱桥、护桥，要经常保持大桥的美观和整洁，还要提高警惕，保卫社会主义建设胜利果实，不受任何破坏。

12时5分，武汉长江大桥公路桥通车，成群的和平鸽，五彩缤纷的气球，飞向天空。

更为壮观的是，大桥通车后的第一个星期天，参观游览的人蜂拥而至，这天行走过大桥桥面的总人数在50万人以上。

第一列火车驶过大桥

1957年10月15日,在荷花满湖的月湖畔的汉阳车站,一辆机车挂着两节车厢高鸣着汽笛,从汉阳通过长江大桥开往武昌。这是第一次通过长江"天堑"的列车。

15时15分,当列车穿过汉阳古琴台,奔向龟山山腰的时候,乘车的人们已经被雄伟的武汉长江大桥深深地吸引住了。

有的原来坐在客车车厢里的人,现在也都出来站在敞车上。

原来坐在敞车靠椅上的人,也都站起来了。

有些年纪比较大的人,也都从车窗口探出头来,想把大桥看个仔细。

列车钻进白色的拱形引桥,以每小时5公里的速度开过长江的上空。

这时,火车司机特地又拉了汽笛:火车要过江了!

就在这个时候,在客车车厢里却有三位乘客仍然坐在那里,安然自若的,有说有笑。

他们是:工程局局长彭敏、总工程师汪菊潜和副总工程师李芬。

他们在说些什么呢?

副总工程师李芬站在车厢的中央风趣地说:"在过

去,不论大桥小桥修好后,第一趟列车通过的时候,主管工程师一定要和火车司机坐在一起,好给火车司机壮胆。"

有人就插了一嘴问:"你现在为什么不坐在机车里,给司机壮胆呢?"

这位副总工程师笑了笑说:"这怕什么?这个重量只不过达到设计要求的十分之一。"

总工程师汪菊潜说:"这不能算试车,要试车,4个机车牵引两列火车,以最快的速度对开。公路上摆满了汽车,再站满人,那才算真正试车。"

工程局局长彭敏曾经像讲神话一样说过这样一段话:

假设有两列都是双机牵引的火车,向同一方向,以最快的速度开向桥的中央,同时两个列车又在同时间内来个紧急刹车。假设在这同一刹那间,公路桥上也排满了汽车,它们也都以最快的速度前进,也来个紧急刹车。假设也是在这一刹那间,长江上刮起了最大的风暴,武汉市又恰巧发生了地震,同时也是在这一刹那,300吨的水平冲力碰到桥墩上,就在这种情况下,武汉长江大桥仍坚如磐石。

其实,这哪里是神话呢?大桥的设计原就是按照这个要求来进行的。

也许正因为这样，他们现在才这样轻松愉快啊！

列车不停地向江心挺进着。

56岁的火车司机徐宝荣，不断地伸出头来，注视着前方。

这位已经和机车打了36年交道的老司机，今天他第一个奔驰过"天堑"，他的心情是何等的激动啊！

远在20年前，他在京沪线上开车，每次从上海开到南京下关，列车就被一条大江挡住了。列车不得不经过缓慢的轮渡渡江，然后才能北上。

就在那时，他是多么希望在长江上能有一座桥，让火车直接开过长江啊！

今天，他的愿望实现了。早晨当他接到命令后，还认真地擦了机车。

随着列车的轰鸣，建设者们激动的心情，也都迸发出来了，不论是正在高空作业的装吊工，或者正在钉第二股道的工人，当列车从他们身旁驰过时，他们都给以热烈的掌声。

这时，工程局局长彭敏，离开了自己的座位，站在列车的最后面和工人一起鼓掌，欢呼。

在欢呼的人群里，有一位年轻人，他密切地注视着列车前进的状况，一直等列车过去，他才放心地、愉快地从武昌返回汉阳。

这位年轻人就是架梁的主管工程师罗其斌。当天当列车通过时，他有一种与众不同的心情：就是在初步接受考验。

　　还有一位年轻的姑娘，从汉阳起就跟在列车的后面，一直跟到武昌岸。这位年轻的姑娘是技术员桑娟，她是架梁时的质量检查员，今天她紧紧地跟在后面，恐怕也是在接受初步的考验吧！

　　列车一直在顺利地前进着。

　　列车跨过了大江，列车穿过古黄鹤楼，由此，沿着蛇山山腰，一直向南，向南！

《湖北日报》的报道

1957年10月16日,《湖北日报》第一版报道:

> 昨天,武汉市5万人隆重举行了武汉长江大桥落成通车典礼……第一列从首都北京到祖国南部边陲——凭祥的直达快车,在万众欢腾声中通过了举世瞩目的长江大桥,川流不息的车辆,潮水般的人群跨过了天堑长江。

1955年9月6日,左岸引桥土方工程正式开工。第二年的6月初,毛泽东同志在武汉畅游长江后挥笔写下"一桥飞架南北,天堑变通途"的豪迈诗篇,更是将桥的宏伟、建桥者的伟大、桥在天堑之间、社会经济从此变通途的雄浑张力,描绘得淋漓尽致。

基于对这样一个大背景的审视和把握,《湖北日报》对大桥落成通车典礼报道的那种大手笔、大气魄是前所未有的。16日这天,当时只出4个版的《湖北日报》,齐声为大桥而吟唱。

一版以毛泽东同志手书"一桥飞架南北,天堑变通途"为通栏标题,刊登了大桥正式通车的消息,包括国务院副总理李富春的讲话,国务院总理周恩来和铁道部分别授予苏联专家组组长西林和专家阿·波·格列佐夫等9人的"感谢状"等文字稿，南下列车通过铁路桥和浩大的车队通过公路桥的照片。

二版以《向武汉长江大桥建设者致敬》为通栏标题，发表了铁道部部长滕代远、苏联运输建设部部长科热夫尼科夫和湖北省省长张体学在大桥落成通车典礼上的讲话，记者亲身感受第一列客车跨过长江而写的通讯《幸福的时刻》。

三版集中报道感谢苏联对建设大桥的帮助，发表了著名桥梁专家茅以升撰写的文章《庆祝东方第一大桥建成通车》。

四版是画刊：歌唱祖国，歌唱大桥。

同版还发表了著名的女国画家、女书法家、革命老人何香凝的诗作《大桥今日落成中》。

各版的编排，图文并茂，气韵浩然。

10月15日，通车典礼的当天，《湖北日报》除第三版外，其他3个版全是大桥通车之喜的报道。

一版版面一改过去常用格式，将报头中的刊号、日期等移到一版下方，以通栏长江大桥全景巨幅图片底衬报头。报头下面刊发特号宋体的"庆祝武汉长江大桥落成通车"通栏题，配发《长江大桥落成通车典礼今日举行》的预告消息，正头发《万众欢腾颂大桥》的社论。

要闻版版面这样处理，报纸此前从未有过。

这一天的《湖北日报》，一版上有国家副主席董必武写的五言律诗《闻长江大桥成喜赋》，李尔重写的《走向胜利的远方》的诗文。

二版上有文学巨匠郭沫若的文章《永远的纪念》，著名建筑学家梁思成的文章《又一次辉煌的胜利》。

四版上有武汉长江大桥工程局局长彭敏的文章《大桥永在友谊长存》。这么多领导人的专稿，出现在同一天的《湖北日报》上，在《湖北日报》历史上也是空前的。

大手笔、大气魄的报道源于编辑部的审时度势和周密决策。《湖北日报》对大桥建成通车的宣传报道，围绕其经济和政治上的重大意义，制订了周密详细的计划。报社编委会决定以工商部为主，并从其他各专业部抽调人员，组成精干的报道班子，编辑、记者于5月初就全部进入角色，一边做舆论准备，一边集思广益，反复修改、补充报道计划。

这个报道计划多体裁、多角度、全方位地对长江大桥作立体式扫描。比如同年9月25日，大桥提前近两年建成并正式举行试通车。次日，《湖北日报》就拿出近三个整版对试通车进行报道。

一版除发消息《武汉长江大桥提前建成》和社论《党的领导的胜利工人阶级的光荣》外，还发了三张照片，其中一张是大桥的鸟瞰图。

二版除发记者采写的《驱车过长江》的长篇速写和通讯《石队长》外，还发了《伟大的桥梁工程》。这篇文章详尽地介绍了大桥的雄伟、主要组成部分、配套工程、卓越的艺术风格和承载能力，并配发了《武汉长江大桥工程全图》。

三版发 4 篇通讯，其中《长江上修桥的过去和现在》一文说，我国桥梁工作者 40 年的夙愿，在新中国成立后不到 4 年就得以实现。在党的领导下，勤劳勇敢的中国人民扭转乾坤之势跃然纸上。

报纸趁大桥建成通车之际，向革命前辈和知名人士约稿是报道计划的一项重要内容。

7 月中旬，编辑部以报社编委会的名义，分别向董必武、陈毅、郭沫若、老舍、何香凝、梁思成等分别发出约稿信。

当时正接近国庆日，陈毅、老舍因公务繁忙，未能成篇，特向编辑部复函，感谢征稿美意，其他约稿都如期悉数收到。

《湖北日报》1954 年 1 月 23 日首次报道武汉长江大桥的消息：《政务院通过了关于修建武汉长江大桥的决定》，到 1957 年 12 月 20 日报道缅甸副总理吴觉迎率友好经济考察团来武汉参观长江大桥止，其间有关长江大桥本身的报道近 300 篇，加上对这座桥的重要组成部分和准备步骤的汉水铁路桥和汉水公路桥的报道，总共 400 篇左右。

郭沫若为大桥作诗

1957年9月26日，武汉长江大桥举行试通车的第二天，《长江日报》作了重头报道，在《江花》副刊上，还特地转载了郭沫若不久前发表在《人民日报》上的一首诗《长江大桥》。

事也凑巧，就在试通车后的第三天也就是27日，郭沫若以人大常委会副委员长的身份，陪同印度副总统拉达克里南博士，乘专机从杭州来到武汉参观长江大桥。

他们是从机场直接到达长江大桥的。当天秋高气爽，晴空万里。

因为大桥还未通车，桥上行人较少，郭沫若陪同客人从武昌桥头堡走到汉阳桥头堡。

副总统看到已落成的雄伟大桥跨在世界第三大河上，兴奋不已。通过翻译，他对郭沫若说："诗，这回你又要写了。"

郭沫若微笑着点头，表示赞同。

不久，郭沫若知道他的《长江大桥》长诗，已于前一天被《长江日报》转载的消息后，他摇了摇头，表示对已发表的诗不够满意。

这时，大桥工程局局长彭敏特地赶来送给郭老一本精致的《武汉长江大桥》纪念册，郭沫若高兴地在留言簿上签了名。

午餐后的当天下午，郭沫若又重新改写了《长江大桥》一诗，并交给报社。

1957年9月30日，《长江日报》第三版上加编者按发表了这首修改后的长诗：

　　一条铁带拴上了长江的腰，在今天竟提前两年完成了。

　　有位诗人把它比成洞箫，我觉得比得过于纤巧。

　　一般人又爱把它比成长虹，我觉得也一样不见佳妙。

　　长虹是个半圆的弧形，旧式的拱桥倒还勉强相肖，但这，却是坦坦荡荡的一条。

　　长虹是彩色层层，瞬息消逝，但这，是钢骨结构，永远坚牢。

　　我现在又把它比成腰带，这可好吗？不，也不太好。

　　那吗，就让我不加修饰地说吧：它是难可比拟的，不要枉费心机，

　　它就是，它就是，武汉长江大桥！

　　　　　　　　　　　郭沫若《长江大桥》

大桥建成的伟大意义

武汉长江大桥这一我国前所未有的巨大桥梁工程，从正式开工到竣工，仅用了两年时间，比原计划提前15个月。

这座上层是公路、下层是铁路的公路铁路两用桥全长1670米，正桥长1156米，有8墩9孔，每孔跨度为128米。其总投资预算为1.72亿元，实际只用了1.384亿元，节约近20%。

武汉长江大桥从建桥的速度和节约的观点来说，真正是做到了多快好省。

武汉长江大桥位于武汉市汉阳龟山和武昌蛇山之间，是新中国成立后在"天堑"长江上修建的第一座大桥，也是古往今来，长江上的第一座大桥，是我国第一座复线铁路、公路两用桥。建成之后，它成为联结我国南北的大动脉，对促进南北经济的发展起到了重要的作用。

武汉长江大桥的建成，像一道飞架的彩虹，在长江天堑上铺成了一条坦途。平汉铁路和粤汉铁路由此实现了连接，即两线也因此而改称为京广线，南北交通发生了根本性的变化，大大促进了武汉市铁路枢纽建设进程，使号称"九省通衢"的武汉市名副其实地成了我国内地交通枢纽，极大地促进了武汉的发展。

从全国的宏观角度来看，大桥建成的意义更是在于使纵贯中国南北的全长2300多公里的京汉、粤汉铁路干线在武汉携手，湘桂、浙赣等铁路都可直接或间接通过大桥与北方各铁路干线相互连接，使得长江南北的铁路运输通畅起来。

毛泽东的"一桥飞架南北，天堑变通途"成为现实后，武汉也由此成为长江航线与京广铁路的十字轴支点。在其后的近40年的时间里，武汉成为中国前四位的特大城市，奠定了武汉"九省通衢"的地位。

大桥自建成以来，一直都是武汉市的标志性建筑。工业城市武汉，从此结束了被长江、汉水分割成三个部分的局面。三镇成一统，水陆可联运，极大地方便了武汉人民，有力地支援了国家经济建设。

大桥通车后，社会经济效益十分巨大，仅通车的头5年，通过的运输量就达8000多万吨，缩短火车运输时间约2400万小时，节约的货运费超过了整个工程的造价。

随着国民经济的不断发展，大桥的通过量也不断增加，直接间接的经济效益更难以计数，在国民经济建设中发挥了无可替代的重大作用。

据中铁大桥局介绍，武汉长江大桥作为我国铁路运输主动脉，是京广铁路上最重要的"咽喉"交通设施。作为国内首座公铁两用特大桥，它投入营运时间最长、运量最大、荷载最大，在国内桥梁中独占鳌头。

20世纪70年代，长江大桥的开通营运使火车的过江时间，由过去的一小时左右缩短为两分钟。20世纪80年代，大桥日均通过列车170列左右，汽车日均流量达3万辆。20世纪90年代，大桥负荷不断增加，双轨轨道"升级"，由有缝钢轨换为无缝钢轨，大桥日均通过列车和日均汽车流量均翻了一番。

由交通、交管部门测算的有关数据表明，该桥通车50年，累计创造直接经济效益达百亿元。

武汉长江大桥的建设，对我国桥梁技术的发展具有革命性的意义。

武汉长江大桥全长1670米，正桥是铁路公路两用的双层钢木结构梁桥，上层为公路桥，下层为双线铁路桥，桥身共有8墩9孔，每孔跨度为128米，桥下可通万吨巨轮，8个桥墩除第七墩外，其他都采用"大型管柱钻孔法"，这是由我国桥梁工作者首创的新型施工方法，凝聚着我国桥梁工作者的智慧和精湛的工艺。

武汉长江大桥的建设，是新中国成立初期国家在湖北省进行的一项伟大的工程。在大桥的建设中，曾得到了苏联技术专家的大力协助和支持，首创了新型的管柱基础结构，使水下的桥墩修建工作全部在水面上进行。这一创举是我国建桥史上的一个重要里程碑，在此后的大型桥梁建设中得到了广泛应用。

直到今天，其造型、质量及外观都是好的，这座大桥的建造成功，为近半个世纪中国建桥技术的进步打下了良好基础。

以武汉长江大桥的成功建成为开端，中国先后在长江上新建了桥梁 40 多座，正在建设的也有 20 多座，这些桥梁很多都借鉴了长江大桥建设的经验，尤其是当时在武汉长江大桥上首次大胆使用的"管柱钻孔法"施工技术。武汉长江大桥的建成，堪称"中国桥梁史上的一座丰碑"。

驻扎专门守桥部队

有这样一个故事：

母亲牵着儿子的手走上大桥。儿子兴奋地对妈妈说："妈妈妈妈，你看，这大桥上还有解放军雕像呢。"

妈妈说："傻孩子，这是真的解放军叔叔，你看那眼睛不是在动吗！"

这就是我们可亲可爱的解放军战士，为了守护大桥默默地奉献着自己的青春。

从1957年大桥建成开始，这座桥上就派来一支专门的守桥部队。它成了我军历史上第一支专业守桥部队。

盛夏时节，长江大桥的桥面温度最高达60多摄氏度，站岗两小时下来，汗湿的衣服就像用水浇过一样，干后满是盐巴，"放在地上可以硬邦邦地竖起来"。每次上哨前，哨兵们都把胶鞋、帽子用冷水浸湿，有的甚至将鞋子钻几个孔散热，用这些"土办法"降温。

冬天时，江上寒风刺骨，最低温度有零下10摄氏度，守桥战士几乎要冻成雕塑。曾有哨兵在严冬的深夜因坚持规范姿势，紧握钢枪，结果手与枪冻得粘到了一起。

如今，大桥哨位都安装了空调，虽然条件得到了改善，但是，要以军姿站足两个小时的哨，异常艰辛。挺胸、挺腿、收腹、收下颌，全身上下要使足"十五劲"。然而，无论何时看见大桥卫士，他们总是昂首挺胸，英姿飒爽。

翻开这支部队的执勤记录，据守桥50年来的统计，大桥守桥官兵成功处置各类重大突发险情500余起，抓获各类不法破坏分子800余人，担负党和国家领导、重要外宾参观大桥的临时警卫任务200余次。近10年来，守桥官兵共送返迷路和困难群众400余人，从江中救出遇险群众及轻生者300余人，返还、上交失物总价值50余万元。

大江东去，奔流不息；巍巍大桥，昂然屹立。

爱比江水深，情比江水长，我们守护在长江上，多少风雨，多少寒暑，赤诚刻在我们哨位上，啊，为了巍巍大桥永立江城，我们紧握手中的钢枪……

这首《大桥卫士之歌》，唱出了全体守桥官兵的心声。

大桥构成周围景点群

武汉长江大桥横跨的风姿，美妙绝伦。浪漫豪情的毛泽东，用短短 11 个字，铭记了这座桥的伟岸。没有一座桥，有武汉长江大桥如此厚重，承载了如此多的光荣与梦想。

从晴川阁、龟山、大桥到莲花湖、蛇山、黄鹤楼，绵亘连接，相得益彰，组成一片宏伟连绵、美丽动人的景点群。

武汉长江大桥的建设，不仅是刚刚获得独立后的国人蓬勃的创造热情得到释放，以英雄的大无畏精神，向自然挑战，向自我挑战的人类杰作，更是遵循"精益求精、追求卓越"的指导思想，控制和把握好每一个细节而铸就的一个品质范本。

若从底层坐电动升降梯可直接上大桥公路桥面参观，眺望四周，整个武汉三镇连成一体，使人心旷神怡，浮想联翩，真是"一桥飞架南北，天堑变通途"。

武汉长江大桥的建筑设计，极富中国民族建筑的特色，在桥面两侧，是铸有各种飞禽走兽的齐胸栏杆；大桥的两侧是对称的花板，内容多取材于我国的民间传说、神话故事等，有"孔雀开屏""鲤鱼戏莲""喜鹊闹梅""玉兔金桂"等，极具民族气息。

在大桥两端是高约35米的桥头堡，从底层大厅至顶亭，共7层，桥头堡的堡亭为四方八角，上有重檐和红珠圆顶，桥头堡内有电梯和扶梯供行人上下，大厅之中有建桥英雄群像大型泥塑展列其中，供游人观看、欣赏、追忆逝去的岁月，感触英雄的博大气概。

与武汉长江大桥一并落成的武汉长江大桥纪念碑和观景平台，它们与武汉长江大桥相互依偎，碑高6米，重20余吨，南面镌有毛泽东同志"一桥飞架南北，天堑变通途"的题词，观景平台则是游人赏长江、看大桥的最佳位置之一。

武汉长江大桥凝聚着设计者独具匠心的机智和建设者们精湛的技艺。

8个巨型桥墩矗立在大江之中，"米"字形桁架与菱格带副竖杆使巨大的钢梁透出一派清秀的气象，35米高的桥台耸立在两岸，给大桥增添了雄伟气势。

它不仅是长江上一道亮丽的风景，而且也是一座历史丰碑，在江城人们的生活中留下了不可磨灭的印象。

本书主要参考资料

《国史全鉴》本书编委会编 团结出版社

《共和国五十年珍贵档案》中央档案馆编 中国档案出版社

《长江日报》（1949 至 1957 年）

《武汉大典》第一卷 武汉市情编辑部 武汉市档案馆编 武汉出版社

《风雨兼程大武汉》欧阳植梁 陈芳国主编 武汉大学出版社

《毛泽东在武汉》中共武汉市委党史办公室编 武汉大学出版社